Günter Fanghänel

Der Tote auf *GLEIS 2*

AF130119

Günter Fanghänel

Der Tote auf Gleis 2

Druck und Verlag Books on Demand • Norderstedt

Alle Personen- und Firmennamen sind
frei erfunden, etwaige Übereinstimmungen
mit real existierenden Personen oder
Firmen wären rein zufällig.

ISBN: 9783735790842
Herstellung und Verlag: BoD - Books on Demand • Norderstedt
© Autor und Herausgeber: Dr. habil. Günter Fanghänel
Eppertshausen. 3. Auflage 2014
Alle Rechte beim Autor und Herausgeber.
Preis: 12,00 €

Hauptpersonen:

3 Freunde, genannt: *Das Kleeblatt*:
Axel Weismann;
Felix Grasfeld;
Hubert Hetzer;

Gabi Dreier, Freundin von Hubert Hetzer

Polizisten in Gera:
Kriminalrat Bernd Bischhof, Leiter des Präsidiums;

Hauptkommissar Günter Schreiber, Leiter der MUK
Hauptkommissarin Susanne Feigel, Stellvertreterin;
Oberkommissar Torsten Becker, Mitarbeiter der MUK;
Kommissar Lutz Waski, Mitarbeiter der MUK;
Kommissaranwärter Tom Zahn, Mitarbeiter der MUK;

Hauptkommissar Karl Richter, Leiter der KTU;
Oberkommissar Helmut Vorberg; sein Stellvertreter

Institut für forensische Medizin Jena
Prof. Dr. Winfried Hensing, Institutsdirketor
Dr. Hanna Berschot, seine Stellvertreterin

Baufirma Hetzer in Auma
Gisela Hetzer, Ehefrau von Hubert Hetzer;
Martha Hetzer, seine Mutter;
Willi Mergert, Prokurist.

I

Freitag, 3. Mai 2013, 15:32 Uhr.

Der Personenzug von Mehltheuer nach Werdau war soeben pünktlich im Bahnhof Weida-Altstadt auf Gleis 1 eingefahren. Damit wurde die eingleisige Strecke frei und der auf dem Nebengleis wartende Güterzug mit sechs leeren Spezialwaggons zum Transport von Gleisschotter setzte sich langsam in Richtung des nahe gelegenen Steinbruches in Bewegung.

Dann erhielt die Lokführerin des Personenzuges, das Signal zur Abfahrt. Sie schaute kurz aus dem Fenster, stellte fest, dass alle Reisenden eingestiegen waren, und fuhr langsam an. Besonders aufmerksam beobachtete sie die vor ihr liegende Strecke, denn gleich kam die Einfahrt in den Tunnel. Da sah sie auf dem Nachbargleis, welches der Güterzug soeben verlassen hatte, eine Person auf den Schienen liegen. „Was tun?", überlegte sie, und da war der Zug schon im Tunnel.

Sie schaltete das Funkgerät ein und meldete der Fahrdienstleitung: „In Weida-Altstadt liegt auf Gleis 2 ein Mensch, der wahrscheinlich überfahren wurde."

Der Fahrdienstleiter ließ sich noch die genaue Stelle beschreiben, erklärte, dass er umgehend Polizei und Notarzt verständigen würde, und bat, die Fahrt planmäßig fortzusetzen.

Helga Herne und Ines Werner, zwei Freundinnen, beide 17 Jahre alt, waren in Triebes in den Zug gestiegen. In Weida mussten sie umsteigen, um nach Gera zu fahren. Dort wollten die beiden Mädchen ein bisschen shoppen, vielleicht noch ins Kino gehen und dann waren sie zum Übernachten bei der Oma von Ines, die im Zentrum von Gera wohnte, angemeldet. Beide unterhielten sich angeregt, schauten aber dabei auch aus dem Fenster. Kurz nach der Abfahrt in Weida-Altstadt rief Helga plötzlich: „Du, Ines, da auf dem Nebengleis liegt ein Mensch ohne Kopf." „Spinnst du?", antwortete Ines, sah aber genauer hin und wurde ganz blass. „Du hast recht, wir müssen sofort die Polizei anrufen", war ihre Antwort. Helga hatte mit ihrem Handy schon die 110 gewählt und berichtete der Frau, die sich gleich gemeldet hatte, ganz aufgeregt, dass sie und ihre Freundin einen Menschen ohne Kopf auf den Schienen gesehen hätten. Die Polizistin bedankte sich ganz herzlich für die Information und bat die Mädchen ruhig zu bleiben. Es würde sofort alles Nötige in die Wege geleitet werden. Dann bat sie noch um die Namen und die Adressen der beiden Mädchen.

In der Notrufzentrale des Polizeipräsidiums Gera gingen 15:35 Uhr nahezu gleichzeitig zwei Anrufe ein. Der eine war der von Helga Herne. Der andere kam von der Fahrdienstleitung Weida. Beide besagten, dass im Bahnhof Altstadt auf Gleis 2 eine Person liegen soll.
Die diensthabende Beamtin lies sich von der Fahrdienstleitung den möglichen Fundort genau beschreiben und schickte sofort den Notarzt und einen Krankenwagen dorthin. Einen Streifenwagen auch dorthin zu beordern, erwies sich als etwas komplizierter, weil alle verfügbaren Kräfte wegen eines Überfalles auf die Genossenschaftsbank

Weida dort und in der näheren Umgebung im Einsatz waren.

Nachdem sie festgestellt hatte, dass die Leitung dieses Einsatzes der Morduntersuchungskommission (MUK) oblag, weil es bei dem Überfall einen Toten gegeben hatte, wählte sie die Handynummer von Kriminalhauptkommissar Günter Schreiber, dem Leiter der MUK, und informierte diesen über die beiden Notrufe.

Hauptkommissar Schreiber war in der überfallenen Bank und antwortete: „Ich schicke jemand von unserem Team zum Bahnhof. „Wir lassen dort alles absperren und sobald Richter hier einen Mann entbehren kann, sieht er sich die Sache am Bahnhof an. Ich werde Karl informieren." Er ging zu Hauptkommissar Karl Richter, dem Leiter der Abteilung Kriminaltechnische Untersuchungen (KTU), der gerade dabei war, die Arbeit der Spurensicherung - kurz Spusi genannt – zu koordinieren, und informierte diesen über den neuen Fall.

„Ich denke nicht, dass die beiden Sachen hier in Weida zusammenhängen, aber wissen kann man ja nie. Ich werde Torsten zum Bahnhof schicken und Du solltest auch jemand abstellen. Sie können dann noch eine Funkstreife mitnehmen."

So kam es, dass kurz danach ein Streifenwagen auf dem Weg zum Bahnhof Weida-Altstadt war, gefolgt vom Oberkommissar Torsten Becker, der in seinem Dienstwagen den Stellvertreter von Karl Richter, Oberkommissar Helmut Vorberg mitnahm.

Am Empfangsgebäude des Bahnhofes angekommen, mussten sie feststellen, dass der Bahnhof unbesetzt war. Es gab eine Videoüberwachung und alle eisenbahntechnischen Abläufe wurden vom Hauptbahnhof aus gesteuert. Um das Gleis 2 zu erreichen, mussten sie das Durchfahrtsgleis 1 überqueren. Da kein Zug kam, konnten sie dies ohne Gefahr tun. Auf der anderen Seite stand der Krankenwagen, er war über eine schmale Abfahrt, vorbei an einem alten Schuppen direkt zur Fundstelle gefahren.

Notarzt und Sanitäter erwarteten die Kriminalbeamten dort.

„Für uns gibt es hier nichts mehr zu tun", sagte nach einer kurzen Begrüßung der Notarzt. „Sehen sie selbst, aber machen sie sich auf einen schlimmen Anblick gefasst."

Die Kommissare Becker und Vorberg gingen ein paar Schritte und sahen den Mann auf dem Gleis liegen. Er war so platziert, dass der Hals direkt auf der Schiene lag. Der darüber rollende Zug hatte den Kopf abgetrennt. Dieser lag etwa einen halben Meter entfernt im Gleisbett.

Vorberg beugte sich zu dem Rumpf und stellte fest: „Meiner Meinung nach liegt hier kein Unfall vor. Ich kann mir auch nicht vorstellen, dass sich ein Selbstmörder ruhig unter einen Zug legt und wartet bis der abfährt. Nach allen Erfahrungen stellt sich ein Selbstmörder vor einen fahrenden Zug. Aber das muss natürlich noch genauer untersucht werden. Nach der Obduktion werden wir sicher schlauer sein."

Torsten Becker antwortete: „Jetzt sind drei Dinge wichtig. Erstens muss hier alles weiträumig abgesperrt werden und wir sollten vermeiden, mögliche

Spuren zu zerstören. Wenn die Kollegen nachher das Ganze genau untersuchen, sollte nichts verändert worden sein." Er wies die Streifenwagenbesatzung an, sofort das gesamte Areal abzusperren und sicherte ihnen zu, dass er Verstärkung anfordern würde.

„Zweitens", setzte er seine Rede fort, „sollten wir versuchen, ob sich die Identität des Toten feststellen lässt, ohne dass wir hier etwas verändern müssen.

Drittens schließlich müssen wir feststellen, welcher Zug den Mann überfahren hat und dessen Lokführer befragen. Dazu brauchen wir jemand von der Bahn."

Die letzten Worte hatte ein Eisenbahner gehört, der sich eiligen Schrittes der Gruppe genähert hatte.

„Wolfgang Meisner", stellte er sich vor. „Ich bin Bahnhofsvorsteher im Hauptbahnhof drüben. Ich hatte zwar keinen Dienst, wurde aber telefonisch von dem Unfall informiert und stehe zu ihrer Verfügung."

„Das ist gut", begrüßte ihn Torsten Becker. Dann stellte er sich und Oberkommissar Vorberg vor und meinte: „Nach Unfall sieht das Ganze nicht aus. Aber bevor wir weiterreden, wollen wir erst einmal sehen, ob der Tote Papiere bei sich hat."

Gemeinsam mit Vorberg beugten sie sich über den Leichnam. Sie stellten fest, dass der Mann gut gekleidet war, mit einer relativ neuen Jeans, Turnschuhen von Adidas, einem bunten Oberhemd, einem sogenannten Hawaii-Hemd und einer leichten braunen Lederjacke im Blousonschnitt.

Nachdem er sich Handschuhe übergestreift hatte, untersuchte Vorberg mit großer Vorsicht die Taschen von Hose und Jacke. Er konnte aber weder Brieftasche oder Geldbörse noch sonstige Hinweise auf die Identität des Toten finden.

„Das war zu befürchten", stellte er fest und wandte sich dann an Herrn Meisner: „Was können sie uns über den Zugverkehr auf dieser Strecke in der fraglichen Zeit sagen?"

Meisner berichtete, dass ein Leergüterzug mit Spezialwaggons für den Schottertransport um 14:12 Uhr auf Gleis 2 eingefahren sei. Er habe dort gehalten, weil er zwei Zugkreuzungen abwarten musste. Um 14:58 Uhr war ein Eilgüterzug nach Gera auf Gleis 1 ohne Halt durchgefahren und 15:31 Uhr kam dort der Personenzug nach Werdau an und hat gehalten. Kurz danach wurde dem auf Gleis 2 wartenden Güterzug das Ausfahrtsignal erteilt. Dieser sei dann ohne Stopp bis zu dem hinter dem nächsten Haltepunkt Schüptiz gelegenen Schotterwerk gefahren. Dort stehe der Zug derzeit. Die Beladung der Waggons sowie die eigentlich geplante Leerfahrt der Lok zum Bahnhof Triebes habe man gestoppt.

Diese umsichtigen Entscheidungen wurden von beiden Kommissaren gelobt.

Torsten Becker griff zum Handy und wählte die Nummer seines Chefs. Dieser ließ sich über die Situation und die ersten Untersuchungsergebnisse informieren. Mit den von Becker angeordneten Maßnahmen war er voll einverstanden und die Entscheidungen der Eisenbahner lobte er ausdrücklich.

„Günter", nahm dann Torsten Becker das Wort, „Herr Meisner, das ist der Chef vom Bahnhof Weida, möchte wissen, wann die Strecke wieder frei gegeben werden kann und wann die Schotterwagen beladen werden können. Der Schotter wird für Gleisbauarbeiten auf der Strecke zwischen Gera und Leipzig benötigt und große Verzögerungen würden die Arbeiten dort ziemlich behindern."

„Ich schlage folgendes vor:" antwortete Schreiber. „Du fährst jetzt mit Vorberg zu dem Zug ins Schotterwerk. Ihr befragt den Lokführer und untersucht Lokomotive und Waggons. Ich schicke Verstärkung für die Absperrung des Geländes. Außerdem werden wir einen zweiten Gerichtsmediziner anfordern. Ich glaube Prof. Dr. Hensing von der Uni Jena ist schon unterwegs. Entweder er oder seine Kollegin Dr. Hanna Berschot, die schon hier bei uns ist, werden sich dann um euren Toten kümmern. Karl Richter wird auch noch weitere Kollegen seiner Abteilung um ihre Wochenendfreizeit bringen und sie zum Gleis 2 schicken, damit die Untersuchungen dort möglichst rasch abgeschlossen werden können. Und nun gib mir einmal den Eisenbahner."

Oberkommissar Becker reichte sein Handy an Wolfgang Meisner weiter.

„Amtmann Meisner", stellte sich dieser vor.

„Ich bin Hauptkommissar Schreiber und leite die Mordkommission Gera", kam es vom anderen Ende. „Ich danke Ihnen für Ihr umsichtiges Vorgehen. Das Durchfahrtsgleis 1 können wir freigeben aber das Gleis 2 bleibt vorerst gesperrt.

Meine Kollegen Becker und Vorberg werden umgehend zum Schotterwerk aufbrechen und den dort stehenden Zug untersuchen. Vom Ergebnis dieser Untersuchung wird es abhängen, wann Sie über die Waggons wieder verfügen können. Wir werden uns jedenfalls beeilen."
Mit dem Austausch einiger Höflichkeitsfloskeln war dann das Gespräch beendet.

Kurz vor 17:00 Uhr kamen die beiden Kommissare und Wolfgang Meisner, der mit seinem PKW voraus gefahren war, um den Weg zu zeigen, am Schotterwerk an. Von der Bahnstrecke zweigte hier rechts ein Gleis ab, das sich dann noch weiter verzweigte. Neben dem Gleis waren hohe graue Gebäude zu erkennen, aus denen an verschiedenen Stelle Rutschen aus Stahl herausschauten. Davor stand der Zug, für den sich die Kriminalisten interessierten. Hinter den Gebäuden war ein riesiger Steinbruch zu erkennen.
„Hier wird Diabas, das ist ein sehr hartes Gestein, abgebaut", erklärte Meisner. „In den Gebäuden befinden sich riesige Brecher. Dort wird das Gestein zertrümmert zu dem Schotter, wie wir ihn für die Gleisbetten benötigen. Derzeit sind die Brecher nicht in Betrieb, aber sonst ist es hier ganz schön laut."
„Na, da wollen wir einmal an die Arbeit gehen", sagte Torsten Becker. „Du, Helmut, solltest die Waggons unter die Lupe nehmen und ich werde gemeinsam mit Herrn Meisner den Lokführer befragen."
Der Lokomotivführer schaute aus seinem Füh-rerstand, als die beiden kamen. Über Funk war er

bereits von dem Vorfall informiert. „Ich habe keinen Menschen überfahren", sprudelte es nach einer kurzen Begrüßung aus ihm heraus.

„Ich bin Oberkommissar Becker von der Mordkommission Gera", stellte sich Torsten vor. „Niemand macht Ihnen einen Vorwurf, aber es wäre gut, wenn Sie möglichst genau schildern würden, wie Ihr Tag, sagen wir ab der Abfahrt in Weida-Hauptbahnhof, verlaufen ist."

Der Lokführer beschrieb dann, dass er um 12:00 Uhr seinen Dienst im Bahnbetriebswerk Gera angetreten habe. Er sei dann auf seine Diesellokomotive gestiegen und habe auftragsgemäß im Güterbahnhof Gera den Leerzug mit den Schotterwaggons übernommen. 12:45 Uhr habe er Ausfahrt nach Weida erhalten, dort sei er 13:12 Uhr angekommen und um 13:58 Uhr nach Weida-Altstadt weitergefahren. Er habe die Strecke sehr genau beobachtet und besonders nach der Ausfahrt aus dem Tunnel darauf geachtet, dass die Weiche richtig auf Gleis 2 gestellt war. Dort habe er dann 14:12 Uhr gehalten, um planmäßig zwei Zugkreuzungen abzuwarten. Auf den Schienen seien weder Personen noch sonstige Hindernisse gewesen. Die Weiterfahrt erfolgte dann um 15:33 Uhr.

Torsten Becker hatte fleißig mitgeschrieben und mit Einverständnis des Befragten auch ein Tonaufzeichnungsgerät mitlaufen lassen. „Ich danke Ihnen", sagte er dann. „Ich glaube auch, dass man die Person unter den stehenden Zug gelegt hat, wo sie dann bei der Abfahrt überrollt wurde. Haben Sie Personen neben ihrem Zug

bemerkt?" Der Lokführer verneinte. „Na gut",
beendete der Kommissar die Befragung. Sie
können Ihren Dienst wieder aufnehmen. Wir
brauchen natürlich von Ihrer Aussage noch ein
Protokoll, aber dazu schicke ich in den nächsten
Tagen jemand vorbei. Wo wir sie erreichen können
erfahren war ja von der Bahn."
Helmut Vorberg hatte inzwischen die Waggongs,
einen nach dem anderen angeschaut, ohne fündig
zu werden. Er war gerade beim sechsten und damit
letzten angekommen, als die beiden Anderen zu
ihm stießen. „Halt, hier könnte etwas sein!" rief er
aus und legte sich fast unter die erste Achse. Dann
beleuchtete er den Wagenkasten mit seiner
Speziallampe. „Ich habe mich auf die rechten
Seiten der Waggons konzentriert, weil ja der Kopf
auf dieser Seite abgetrennt wurde. Hier an diesen
Wagen sind Blutspuren. Wahrscheinlich hat die
Person vor dem Waggon 6 auf dem Gleis gelegen.
Diesen Waggon müssten wir noch genauer
untersuchen."
Wolfgang Meisner erbot sich, dafür zu sorgen,
dass Waggon 6 abgekoppelt und auf ein
Abstellgleis rangiert wird. Er war froh, dass die
anderen Waggons beladen werden konnten und
erteilte die entsprechenden Aufträge.
Die Kommissare verabschiedeten sich und fuhren
zu einer ersten Besprechung nach Weida.

II

Freitag, 3. Mai 2013, 17:50 Uhr.

An dem langen Tisch im Beratungsraum der Genossenschaftsbank Weida hatten 8 Personen Platz genommen.

An der Stirnseite saß Hauptkommissar Günter Schreiber, ein etwa 1.75 m großer, schlanker Mann, den man wohl auch wegen seiner sportlichen Figur nicht ansah, dass er schon 55 Jahre alt war. Er hatte dichte blonde Haare und trug einen kleinen Oberlippenbart. Bekleidet war er mit einer dunkelblauen Jeans, einem grauen Pullover und einem kleingemusterten Jackett.

An der Längsseite des Tisches rechts von ihm saß seine Stellvertreterin, Hauptkommissarin Susanne Feigel. Auch sie wirkte durch ihr freundliches, von dunkelbraunen Locken umrahmtes Gesicht und ihre adrette Kleidung jünger als sie tatsächlich war. Sie hatte eine durchtrainierte Figur, ein Erbe aus ihrer Zeit als Leistungssportlerin. Susanne Feigel war im Jugendbereich eine sehr erfolgreiche und viel versprechende Radrennfahrerin im Leistungszentrum Gera gewesen und nur eine langwierige Verletzung hatte ihrer Karriere ein vorzeitiges Ende gesetzt.

Ihr gegenüber saß der Leiter der KTU, Hauptkommissar Karl Richter. Karl Richter hatten etwa die gleiche Größe wie Günter Schreiber, war allerdings etwas fülliger. Er war mit einer dunkler Hose, offenem bunten Hemd und blousonartiger Jacke gekleidet. Aber während Günter Schreiber kurze blonde Haare und einen kleinen Oberlippenbart hatte, war Karl Richter bartlos und seine wenigen noch verbliebenen Haare waren ergraut. Schreiber und Richter waren seit ihrer gemeinsamen Ausbildungszeit befreundet und trafen sich auch außerhalb des Dienstes, zusammen mit ihren Ehefrauen. Meist spielten dann alle vier zusammen Doppelkopf.

Neben Susanne Feigel hatte sich der eben eingetroffene Oberkommissar Torsten Becker gesetzt. Becker war ein stattlicher, 1,80 Meter großer Mann. Durch seine grauen Schläfen und einen gepflegten Kinnbart sah er älter aus als er mit seinen 43 Jahren war. Er wohnte, wie Günter Schreiber auch, in einer aufwändig renovierten Altbauwohnung im Süden Geras. Seine Frau war Mathematiklehrerin am Gymnasium, seine Tochter war dort in der zwölften Klasse, wie auch der Sohn von Günter Schreiber.

Der nächste in der Reihe war Lutz Waski. Er gehörte seit etwa 3 Jahren zur MUK Gera und war vor kurzem zum Kommissar befördert worden. Lutz Waski war 30 Jahre alt. Auf Grund seiner sportlichen Figur und jugendlichen Kleidung hätte man ihn aber eher für einen Fußballprofi als für einen Kriminalkommissar gehalten.

Der Letzte in dieser Reihe war Thomas Zahn. Er hatte seine Laufbahn bei der Autobahnpolizei begonnen. Durch seine Mitwirkung bei der Aufklärung eines Mordfalles an einer Autobahnraststätte (siehe *Der Tote vom Teufelstal*) fand er Interesse an der kriminalistischen Arbeit. Vor wenigen Wochen schloss er die Polizeischule mit sehr guten Ergebnissen ab und war als Kommissaranwärter zurück zur MUK Gera gekommen. Lutz Zahn war 25 Jahre alt. Gekleidet war er fast genauso wie Lutz Waski, mit dem er sich sehr gut verstand.

An der anderen Tischseite saßen neben Karl Richter sein Stellvertreter Oberkommissar Helmut Vorberg und die Gerichtsmedizinerin Frau Dr. Hanna Berschot.

Helmut Vorberg, 43 Jahre alt, war frisch geschieden. Seine 15-jährige Tochter lebte bei ihrer Mutter. Sie hatte aber ein sehr gutes Verhältnis zu ihrem Vater und besuchte ihn sehr oft, wenn es seine unregelmäßigen Dienstzeiten, die einer der Gründe für das Auseinanderleben ihrer Eltern waren, zuließ.

Neben Vorberg saß Dr. Hanna Berschot, eine zierliche, schwarzhaarige Person mit südländischem Aussehen, das sie ihrem italienischen Vater verdankte. Sie war trotz ihrer erst 35 Jahre eine angesehene und geachtete Wissenschaftlerin am Institut für forensische Medizin der Universität Jena und dort die rechte Hand des Institutsdirektors Prof. Dr. Winfried Hensing.

Günter Schreiber eröffnete die Beratung:

„Wir haben es mit zwei Fällen zu tun, die sich beinahe zeitgleich hier in Weida ereignet haben und von denen bisher nicht ersichtlich ist, ob sie in einem Zusammenhang stehen.

Zum einen gab es den Banküberfall hier und zum anderen haben wir einen Toten im Bahnhof Weida-Altstadt.

Ich bitte zunächst Torsten uns über die Sache im Bahnhof zu informieren."

Torsten Becker berichtete daraufhin von dem überfahrenen Mann auf Gleis 2 und den Spuren an dem im Schotterwerk stehenden Waggon. Er betonte, dass ein Unfall mit hoher Wahrscheinlichkeit ausgeschlossen werden kann und dass es sich auch kaum um einen Selbstmord handeln dürfte. Leider gäbe es keinerlei Hinweise auf die Identität des Toten.

Becker beendete seine Ausführungen mit dem Hinweis, dass das gesamte Gelände zwar abgesperrt sei und fragte, ob die zwei vor Ort befindlichen Streifenpolizisten inzwischen Verstärkung erhalten hätten, weil sie allein nicht ausreichen würden, vor allem dann nicht, wenn die Presse Wind von der Sache bekäme.

Hauptkommissar Schreiber dankte ihm und meinte: „Ja, ich habe vorhin gleich noch eine Funkstreifen zum Bahnhof beordert. Na, und Zeitungsleute sind ja schon hier aufgetaucht und vollauf mit dem Banküberfall beschäftigt. Ich habe sie schon an unsere Pressestelle verwiesen, aber die weiß natürlich auch noch nichts Genaueres."

Dann wandte er sich an die Gerichtsmedizinerin: „Frau Dr. Berschot, ich halte es für erforderlich, dass der Tote vom Gleis 2 schnellstmöglich in die Gerichtsmedizin gebracht wird. Ich bitte Sie, jetzt gleich zum Bahnhof zu fahren, um sich vor Ort ein Bild zu machen. Ich nehme an, ihr habt bereits alles fotografiert", wandte er sich an Oberkommissar Vorberg.

Dieser bejahte und sagte, dass man auch Videoaufzeichnungen gemacht habe.

„Gut", setze Schreiber seine Rede fort: „Frau Dr. Berschot, sie fahren mit einem weiteren Streifenwagen, der hier vorm Haus nicht mehr benötigt wird und 2 Beamten. Ich veranlasse den Abtransport des Toten. Wenn die angeforderten Leute von der KTU eingetroffen sind, nehmen diese unter Leitung von Vorberg die Untersuchung des Fundortes und seiner Umgebung sowie des Waggons im Schotterwerk in Angriff. Torsten Becker wird die Leitung dieses Falles übernehmen. Er sollte aber noch solange hier bleiben, bis ich mit der Zusammenfassung von den Ereignissen hier in der Bank fertig bin, damit auch er über diesen Fall informiert ist."

Frau Dr. Berschot verabschiedete sich und sagte, dass sie dann gleich mit dem Leichenwagen in die Gerichtsmedizin fahren werde. Ihr Chef, Prof. Dr. Hensing, der ja schon unterwegs sei, würde sich um den Toten hier weiter kümmern.

Günter Schreiber wollte gerade mit seinen Ausführungen beginnen, als der soeben angekommene Prof. Hensing den Raum betrat. Der Gerichtsmediziner war ein kleiner, energischer Herr, der mit seinen 60 Jahren schon manches in der Rechtsmedizin erlebt hatte. Er war wie immer mit Anzug, weiß-grau gestreiftem Oberhemd und dazu passendem Schlips überaus korrekt gekleidet. Er begrüßte die Anwesenden und meinte, dass er sich sein Wochenende eigentlich anders vorgestellt hätte.

„Wir auch", antwortete Schreiber „Aber schön Prof., dass Sie so schnell kommen konnten, ich wollte gerade die Ereignisse hier zusammenfassen und so bekommen sie gleich den erforderlichen Überblick." Dann führte er aus:

„Heute am frühen Nachmittag, viertel nach zwei kam der Bauunternehmer Hubert Hetzer in die Bank. Er war mit dem Filialleiter Michael Kuhn verabredet, um sich 250 Tausend Euro auszahlen zu lassen. Laut Aussage von Kuhn wollte er damit einen Baukran, den seine Firma erwerben wollte, bar bezahlen. Die beiden Herren gingen, wie dies bei solchen Geschäften üblich ist, in das hinter dem Schalterraum liegende Büro von Kuhn. Dieser bat die Kassiererin, das bereit liegende Geld aus dem Tresor zu holen.

14:27 Uhr betraten zwei mit Kapuzen und großen Sonnenbrillen maskierte Männer den Schalterraum, in dem sich keine Kunden mehr befanden, weil die Bank üblicherweise am Freitag um 14:30 Uhr schließt. Sie zogen jeder eine Pistole und zwangen die Bankangestellte, Frau Giselle Leitner, sich sofort auf den Boden zu legen. Einer der Männer blieb im Schalterraum, schloss die Tür ab und gab einen Schuss auf die über der Eingangstür angebrachte Überwachungskamera ab.

Im Büro des Filialleiters war die Kassiererin gerade dabei, Herrn Hetzer das in 50-, 100- und 500-Euroscheinen gebündelte Geld vorzuzählen als vorn der Schuss fiel. Michael Kuhn eilte zur Tür. Da wurde diese aufgestoßen, der zweite maskierte Mann stand im Rahmen, rief „Überfall! Alle hinlegen!" und schoss mehrmals auf Hubert Hetzer. Als dieser schon am Boden lag, setzte er ihm die Pistole an den Kopf und drückt ein letztes Mal ab. Dann nahm er den Koffer mit dem Geld und verschwand mit seinem Komplizen durch die Eingangstür. Das Ganze dauerte nicht länger als fünf Minuten."

An dieser Stelle wurde Schreiber in seinen Ausführungen unterbrochen, weil Michael Kuhn den Raum betrat und sagte: „Entschuldigung, aber eben hatte ich einen Anruf von Willi Mergert, das ist der Prokurist von der Baufirma Hetzer. Er wollte wissen, wann der Chef zurück kommt, ein Herr Hassner, der den Kran liefern soll, würde schon warten. Ich wusste nicht, was ich antworten sollte und habe gesagt, ich würde gleich zurückrufen."

„Gut", lobte Kommissar Schreiber. „Rufen Sie zurück und sagen nur, dass es hier einen Überfall gab. Nennen Sie keine Einzelheiten und vor allem nicht, dass Herr Hetzer tot ist. Die Herren Mergert und Hassner möchten bitte warten, falls ihnen das möglich ist. Es würde bald jemand von der Kripo zu ihnen kommen."

Dann setzte der Kommissar seinen Bericht fort: „Nachdem die Täter verschwunden waren, griff Kuhn sofort zum Telefon und rief Notarzt und Polizei an.

Der Notarzt war 14:43 Uhr zur Stelle, konnte aber nur den Tod von Herrn Hetzer feststellen.

Der erste Streifenwagen kam 14:44 Uhr am Tatort an. Die Kollegen lösten sofort Großalarm aus, forderten Verstärkung an und informierten uns. Die Ringfahndung stand um 15:00 Uhr, brachte aber bisher keine Ergebnisse. Polizeiobermeister Sigi Millner vom ersten Streifenwagen hatte sofort einen Zeugen befragt, der gesehen hatte, wie zwei Männer aus der Bank kamen, in ein dort wartendes

Auto stiegen und schnell davon fuhren. Der junge Mann heißt Heiko Orner und ist Schüler am hiesigen Gymnasium. Er sagte aus, dass einer der Männer einen schwarzen Aktenkoffer in der Hand gehalten hätte. Bei dem Auto habe es sich um einen dunkelblauen Golf älterer Bauart gehandelt, Vom Nummernschild konnte er nur den Buchstaben G für Gera und die letzte Ziffer, eine 3 oder eine 8 erkennen. Diese Angaben hat Kollege Millner natürlich sofort an die Fahndungsleitstelle weitergegeben.

Ich selbst traf ziemlich genau halb vier hier ein. Kurz nach mir kamen Susi Feigel und mit ihr Torsten Becker, Lutz Waski und Thomas Zahn. Karl Richter und Herber Vorberg waren dann auch bald zur Stelle. Frau Dr. Berschot kam wenige Minuten später. Sie begrüßte den Notarzt, der noch gewartet hatte und beide untersuchten Hubert Hetzer, der durch den Kopfschuss fürchterlich aussah, etwas genauer. Sie konnten weitere drei Einschüsse in Oberkörper und Bauchraum feststellen. Während sie noch mit der Untersuchung befasst waren, kam der Fahrer des Krankenwagens hereingestürzt und rief: „Doktor wir müssen los, die Zentrale schickt uns mit höchster Dringlichkeit zum Bahnhof Altstadt." Der Arzt sah mich an, ich nickte und er stürmte los. In diesem Moment erreichte mich der Anruf der Notrufzentrale wegen des Toten auf Gleis 2. Darauf fuhren auch Torsten und Helmut los. Susi kümmerte sich um die beiden Frauen, die völlig unter Schock standen. Karl begann mit der Spurensicherung und ich habe Herrn Kuhn, Polizeiobermeister Millner sowie den

Zeugen Orner befragt und zwischendurch veranlasst, dass nach weiteren Zeugen gesucht wird."

„Willst Du die Öffentlichkeit informieren und was machen wir mit der Presse?", fragte Susanne Feigel.

Schreiber schaute zur Uhr. „Es ist jetzt kurz nach sechs. Ich denke, eine Presseerklärung sollten wir für 22:00 Uhr ankündigen. Bis dahin bitte kein Wort an Außenstehende.

Für mich haben die folgenden zwei Fragen Vorrang:

1. Warum wurde Hubert Hetzer so zielgerichtet getötet, ja man kann fast sagen hingerichtet?

2. Woher wussten die Täter, dass just zu dem Zeitpunkt der Tat 250 Tausend Euro aus dem Tresor geholt worden waren. Dass der Überfall zufällig zu diesem Zeitpunkt verübt wurde, halte ich für ausgeschlossen.

Bezüglich der ersten Frage müssen wir das Umfeld von Hetzer genau durchleuchten, ob es jemanden gibt, der ihn abgrundtief gehasst haben könnte.

Zur Beantwortung der zweiten Frage müssen wir einerseits die Bankangestellten befragen, andererseits in der Firma von Hetzer sowie seinem Privatbereich recherchieren. Auch dürfen wir den Lieferanten des Kranes nicht außer Acht lassen. Schließlich müssen die Angehörigen informiert werden.

Ich schlage folgendes Vorgehen vor:

Susi und Lutz Waski bleiben hier und befragen die Bankangestellten sowie auch nochmals den Zeugen Orner. Achtet bitte darauf, ob jemand von der Bank, vielleicht unbewusst gegenüber Dritten von der bevorstehenden relativ hohen Auszahlung gesprochen hat.

Torsten fährt zum Bahnhof und wir, Tom Zahn und ich, machen uns auf den Weg nach Auma. Da wohnt, ich muss wohl sagen wohnte, Hubert Hetzer. Dort ist auch der Hauptsitz seines Baubetriebes. Die genaue Adresse bekommen wir von Kuhn. Die unangenehme Aufgabe, eine Todesnachricht zu überbringen, bleibt mir ja leider nicht erspart. Aber wir müssen außer mit der Familie auch mit den Herren Mergert und Hassner reden, um festzustellen, wer alles davon gewusst hat, dass Hetzer einen so hohen Geldbetrag abholen wollte.

Gegen 21 Uhr treffen wir uns dann alle im Präsidium."

Damit war die Beratung beendet.

III

Freitag, 3. Mai 2013, 19:00 Uhr.

Hauptkommissar Günter Schreiber und Kommissaranwärter Tom Zahn hatten die Baufirma Hetzer & Sohn GmbH in Auma erreicht. Sie fuhren mir ihrem Opel Insignia durch ein breites Tor, das rechts neben einem prächtigen Haupthaus mit einem gemauerten Bogen überspannt war und auf einen geräumigen Hof führte. Sie hielten vor der in das Haupthaus führenden breiten, aus vier Stufen bestehenden Treppe.

Zwei Frauen, eine ältere und eine recht junge, die die Ankunft des Autos offenbar erwartet und gehört hatten, kamen heraus. Die junge, Schreiber schätzte sie auf Anfang 30, war mittelgroß, schlank, dunkelblond und mit Jeans, heller Bluse und dunkelblauer Weste salopp gekleidet. Sie kam aufgeregt auf das Auto zugelaufen und fragte, kaum das Günter Schreiber die Tür geöffnet hatte: „Was ist mit meinem Mann?

„Können wir bitte ins Haus gehen", gab dieser zur Antwort. Die junge Frau ging voran, die Kriminalisten folgten. Oben auf der Treppe stellte sich Günter Schreiber vor, wies auf seinen Kollegen und sagte: „Das ist mein Mitarbeiter Tom Zahn und wer sind Sie, bitte?", fragte er die ältere der beiden Frauen.

„Ich bin Martha Hetzer, die Mutter von Hubert und dies", sie zeigte auf die junge Frau, „ist meine Schwiegertochter. „Sagen Sie uns bitte was passiert ist."

„Lassen sie uns hineingehen, ich habe keine guten Nachrichten."

Die Frauen gingen voran durch einen relativ großen Flur in ein geräumiges Wohnzimmer.

In einer Sesselecke, an einem runden Glastisch nahmen die vier Platz. Die Frauen sahen den Kommissar erwartungsvoll an.

„Ich komme soeben von der Genossenschaftsbank Weida", begann dieser. „Diese Bank ist heute, gerade als ihr Sohn bzw. ihr Mann dort war, überfallen worden. Die Räuber waren bewaffnet und einer von ihnen hat Hubert Hetzer erschossen."

„Ist er tot?", rief Gisela Hetzer, die Ehefrau.

„Leider ja", kam es von Schreiber. „Ich möchte ihnen unser aufrichtiges Beileid aussprechen."

Die junge Frau schluchzte laut auf und warf sich ihrer Schwiegermutter, die völlig unter Schock zu stehen schien, in die Arme.

Der Kommissar ließ den beiden einige Minuten Zeit, bevor er sich wieder an sie wandte: „Fühlen sie sich in der Lage, uns ein paar Fragen zu beantworten? Wir wollen ja den Mörder so schnell wie möglich fassen und da brauchen wir ein paar Auskünfte."

Beide Frauen nickten.

„Wussten Sie, dass Ihr Mann bzw. Ihr Sohn heute zur Bank gefahren ist und was er dort wollte?"

Martha Hetzer, eine resolut wirkende, recht vornehm angezogene Frau, der ihre kurzen grauen Haare gut zu Gesicht standen, schien sich als erste etwas gefasst zu haben: „Hubert wollte zur Bank wegen der Finanzierung eines Baukranes. Er war hier für 17:00 Uhr mit einem Herrn Hassner verabredet. Dieser wartet mit Herrn Mergert, das ist unser Prokurist, drüben im Büro. Aber sagen Sie uns doch bitte, was genau passiert ist."

„Gleich", antwortete Schreiber und richtete den Blick auf seinen Kollegen: „Tom, geh doch bitte schon einmal rüber ins Büro und unterhalte dich mit den beiden Herren, ich komme dann gleich dazu." Dann wandte er sich wieder an die beiden Frauen und berichtete, dass kurz vor halb drei zwei maskierte, mit Pistolen bewaffnete Männer die Bank gestürmt hätten. Hubert Hetzer, der Bankdirektor Michael Kuhn und die Kassiererin hätten sich zu diesem Zeitpunkt im Büro von Kuhn aufgehalten. Einer der Räuber sei hereingestürmt und habe gleich geschossen. Nur Hubert Hetzer wurde getroffen. Der Notarzt sei nach 15 Minuten eingetroffen, habe aber nur noch den Tod feststellen können. Dann wollte er noch wissen, ob eine der Frauen genauer informiert darüber war, wie das Geschäft mit dem Ankauf des Kranes laufen sollte und was genau Hubert Hetzer in der Bank wollte.
Beide verneinten und meinten, dass Willi Mergert darüber sicher Auskunft geben könnte.
Dann fragte der Kommissar noch, ob Hubert Hetzer Feinde gehabt hätte und vielleicht in der letzten Zeit bedroht wurde.

„Ja war es denn kein Zufall, dass mein Mann getroffen wurde?", wollte jetzt Gisela Hetzer wissen.

„Wir untersuchen den ganzen Vorfall noch", erklärte Schreiber, „aber wir können leider auch nicht ausschließen, dass auf ihren Mann gezielt geschossen wurde. Bitte denken Sie deshalb gut über meine Frage nach".

„Ich kann mir zwar nicht vorstellen, dass mein Sohn gezielt ermordet wurde", sagte dann Martha Hetzer. „Aber vorgestern muss es auf der Baustelle in Zeulenroda, wir errichten dort im Gewerbegebiet einen Neubau, ziemlichen Ärger gegeben haben. Mein Sohn erzählte, dass er seinen Bauleiter Sebastian Riemer, den er schon vom gemeinsamen Studium in Weimar her kannte, alkoholisiert angetroffen hätte. Da dies schon mehrmals vorgekommen sei und auch eine Abmahnung nichts geholfen hätte, habe er Riemer fristlos kündigen und von der Baustelle verweisen müssen. „Ich bring dich um", habe der noch gerufen, bevor er verschwunden sei. Aber ich kann mir nicht vorstellen, dass seine Drohung wahr gemacht haben könnte. Sebastian ist doch ein anständiger Kerl. Er hatte viel Pech im Leben. Aus der ihm zugesagten Anstellung als Assistent an der Bauhausuniversität Weimar ist nichts geworden. Dann ist seine Ehe gescheitert und eine nächste Beziehung war auch nur von kurzer Dauer. Alkohol hat wohl bei ihm zunehmend eine Rolle gespielt. Aber Hubert hat eigentlich immer zu ihm gehalten."

„Haben Sie eine Adresse von Herrn Riemer", wollte Schreiber wissen.

„Die wird im Büro zu finden sein und Herr Mergert kann Ihnen da sicher helfen", antwortete Frau Hetzer.

„Dann will ich jetzt mal mit ihrem Prokuristen sprechen", verabschiedete sich der Kommissar.

„Kann ich noch etwas für Sie tun? Brauchen Sie einen Arzt?"

Beide Frauen schüttelten die Köpfe und Gisela Hetzer sagte mit dünner Stimme: „Wir kommen schon zurecht, aber finden Sie bloß schnell den, der uns so etwas angetan hat."

Günter Schreiber versprach, alles in seinen Kräften stehende zu tun, kündigte an, dass er oder einer seiner Mitarbeiter am morgigen Tag nochmals vorbei käme und verließ den Raum.

Als der Kommissar das gegenüberliegende Büro betrat, sah er dort Tom Zahn im Gespräch mit zwei älteren Herren. Sie saßen am Ende eines etwas längeren Tisches, der offensichtlich für Beratungen vorgesehen war.

Schreiber nannte seinen Dienstgrad und Namen. Tom Zahn wies auf den zu seiner rechten sitzenden, mit dunkelbraunen Anzug, Oberhemd und Schlips sehr gut gekleideten Mann und stellte vor: „Das ist Herr Willi Mergert. Er hat schon beim Opa von Hubert Hetzer in der Firma angefangen und ist jetzt als Prokurist die rechte Hand vom Chef." Mergert erhob sich, reichte dem Kommissar die Hand und sagte: „Ihr junger Mann hat uns informiert, dass Hubert tot ist. Wer tut bloß so etwas?"

„Ja, dass müssen und werden wir herausfinden", erklärte Schreiber. „Dazu brauchen wir auch alle Information über Hubert Hetzer und die Firma. Da können Sie uns sicher helfen."

Mergert nickte.

Dann wandte sich der Kommissar an den anderen Herren, der nur wenig jünger als Mergert zu sein schien und genauso korrekt gekleidet war, mit dem Unterschied, dass sein leicht gemusterter Anzug von hellgrauer Farbe war. „Sie sind sicher Herr Hassner. Sagen Sie uns bitte, wie das Kran-Geschäft laufen sollte." Daraufhin erklärte der so Angesprochene, dass er Mitinhaber der Firma Hassner & Co KG sei. Diese sei in Weimar ansässig und verkaufe und vermiete Baumaschinen aller Art. Mit der Firma Hetzer habe man schon oft Geschäfte gemacht. Vor einigen Wochen habe Herr Hetzer angerufen und nachgefragt, ob er einen Turmdrehkran kaufen könne, möglichst günstig, auch gebraucht. Man habe dann in den darauf folgenden Tagen weiter miteinander verhandelt, Faxe ausgetauscht usw. Schließlich habe sich Hetzer für einen Kran der Firma Liebherr entschieden. Zwei Spezialisten der Firma Hetzer hätten den in der Nähe von Jena stehenden Kran eingehend besichtigt und ihrem Chef wohl zum Kauf zugeraten. Ein aktuelles Gutachten vom TÜV läge selbstverständlich auch vor. So sei man sich einig geworden. Der Kaufpreis sollte so etwa bei zweihunderttausend Euro liegen. Den Kaufvertrag habe man heute abschließen wollen, weshalb er hier sei.

„Was können sie uns über die vorgesehenen Zahlungsmodalitäten sagen", wollte jetzt der Kommissar wissen. Hassner sah ihn ungläubig an: „Na, wenn wir uns über den Kauf und den Preis geeinigt hätten, wäre die Zahlung wie üblich mit einer Frist von 14 Tagen über die zuständigen Banken abgewickelt worden."

„War zu irgendeinem Zeitpunkt von Barzahlung die Rede?", wollte Schreiber wissen. Hassner zögerte, schüttelte dann aber den Kopf und betonte, dass dies bei solchen Geschäften absolut unüblich sei.

Schreiber hatte das Zögern bemerkt und hakte nach: „Es war also zu keinem Zeitpunkt von Barzahlung die Rede?"

„Na, ja", bequemte sich Hasssner zu antworten, „in der vergangenen Woche rief Hetzer an und wollte wissen, was er sparen könne, wenn er gleich bar zahlen würde. Ich habe aber gesagt, dass wir bei unserem Treffen, also heute, darüber reden könnten, doch aber besser den üblichen Weg einhalten sollten."

Nach dieser Aussage wurde Hassner verabschiedet. Er sagte, dass er noch den beiden Damen Hetzer kondolieren und dann nach Hause fahren wolle.

Hauptkommissar Schreiber wandte sich dann an Herrn Mergert. „Können Sie uns bitte sagen, warum Ihr Chef den Kran bar bezahlen wollte?"
Mergert schüttelte den Kopf und antwortete: „Ich kann mir nicht vorstellen, dass er dies wollte. Mit unserer Liquidität sieht es zwar im Moment recht gut aus, das Geschäftskonto ist mit über dreihunderttausend Euro im Plus und unser normaler Kreditrahmen beträgt fünfhunderttausend Euro, aber Barzahlung ist bei solchen Geschäften absolut unüblich. Ich weiß jedenfalls nichts von einer derartigen Absicht."

„Fakt ist aber", erwiderte der Kommissar, „dass Hubert Hetzer zweihundertfünfzigtausend Euro in bar von der Bank abholen wollte. Herr Kuhn, das ist der Bankdirektor, sagte aus, dass das Geld für die Anschaffung eines Kranes sei. Und genau diesen Betrag haben die Bankräuber erbeutet. Wir gehen davon aus, dass dies kein Zufall war. Wer also, fragen wir uns, kann davon gewusst haben, dass ihr Chef heute eine so hohe Summe abholen wollte? Bitte denken Sie gründlich nach."

Man konnte sehen, wie es in Mergert arbeitete. Nach einer reichlichen Minute öffnete er den Mund: „Also ich habe mit Sicherheit nichts davon gewusst, obwohl Hubert es mir eigentlich hätte sagen müssen, da die Buchhaltung in mein Aufgabenressort fällt. Die beiden Damen, ich meine die Mutter und die Frau von Hubert, könnten es gewusst haben. Ich glaube aber, eher nicht. Geschäftliche Sachen hat Hubert normalerweise nicht mit ihnen besprochen. In der Firma wüsste ich auch niemand, der infrage käme. Vielleicht Felix Grasfeld, aber der ist gestern zur Kur nach Bad Elster gefahren. Und den Herrn Hassner haben Sie ja eben selbst befragt. Sonst wüsste ich beim besten Willen keinen, der etwas von diesem Bankgeschäft gewusst haben könnte. Aber natürlich die Leute von der Bank. Haben Sie auch daran gedacht?"

„Na klar", erwiderte Schreiber. „Da sind unsere Leute schon dran. Aber über Herrn Grasfeld hätte ich doch noch etwas mehr Informationen."

„Da muss ich ein bisschen ausholen", erklärte Mergert und beschrieb dann folgenden Sachverhalt:

Hubert Hetzer hatte 2002 am Gymnasium in Zeulenroda das Abitur mit guten Noten bestanden.

Einer seiner besten Freunde war Felix Grasfeld. Während der gesamten Schulzeit waren Hubert und Felix praktisch unzertrennlich. Als Dritter gehörte noch Achim Weismann dazu. In den Jahren 1999 bis 2002 waren die drei auch gern hier bei Hubert und im Geschäft. Felix hat auch oft bei Hetzers übernachtet. Der Junge hatte es schwer. Seine Eltern waren bei einem Autounfall umgekommen als er 10 Jahre alt war. Er ist dann bei seinen Großeltern in Triebes aufgewachsen. 2004 sind dann kurz nacheinander seine Oma und sein Opa gestorben. Das hat ihn wohl aus der Bahn geworfen. Er hat jedenfalls sein Chemie-Studium in Halle aufgegeben und später in Leuna als Laborant angefangen. Dort kam es dann 2007 zu einem Unfall, bei dem er giftige Gase eingeatmet hat. Er hat zum Glück überlebt, aber seine Lunge war angegriffen und es kam zu beidseitigem Nierenversagen. Es war gut, dass er nach nicht allzu langer Wartezeit eine Spenderniere bekommen konnte, aber er war nicht mehr voll arbeitsfähig. Hubert hat ihn dann bei uns als seinen Fahrer und als Gärtner eingestellt und die beiden haben sich sehr gut verstanden. Ich könnte mir vorstellen, dass Hubert ihm von dem Bankgeschäft erzählt hat. „Aber", beendete Mergert seine Ausführungen, „Felix ist, wie ich wohl schon gesagt habe, gestern nach Bad Elster gefahren. Er ist drei Wochen zur Kur in der Paracelsus-Klinik"

Der Kommissar nickte und sagte: „Vielen Dank Herr Mergert, Sie haben uns sicher geholfen. Mein junger Kollege hat ein Tonband mitlaufen lassen, sie haben doch sicher nichts dagegen? Nun hätten wir gern noch gewusst, ob Hubert Hetzer Feinde gehabt hat. Von der Sache mit Sebastian Riemer haben uns schon die Frauen berichtet. Was wissen denn Sie darüber?"

„Ich kann mir beim besten Willen nicht vorstellen, dass Sebastian Riemer etwas mit dem Tod von Hubert zu tun haben könnte", antwortete Mergert. Er berichtete dann weiter, dass Hubert Hetzer nach dem Abitur einige Zeit in der Firma gearbeitet und dann seinen Grundwehrdienst abgeleistet hätte. Im Herbst 2004 habe er sein Studium in Weimar begonnen und 2009 mit sehr guten Ergebnissen abgeschlossen. Er sei danach als Geschäftsführer hier eingestiegen und musste dann 2010 sehr schnell nach dem plötzlichen Tod seines Vaters die Leitung übernehmen. Sebastian Riemer habe auch in Weimar studiert. Er und Hubert waren gute Freunde. Sebastian wollte eigentlich als Assistent an der Hochschule in Weimar bleiben, aber dann sei er dahinter gekommen, dass ihn seine Frau, die er schon während des Studiums geheiratet hatte, mit seinem Chef betrog. Das warf ihn völlig aus der Bahn. Er schmiss seine Arbeit und fing an zu trinken.

Er hat dann wohl kurzfristig hier und da gearbeitet und schien auch wieder eine Frau gefunden zu haben. Als auch diese Beziehung zerbrach, sei er schließlich völlig am Boden gewesen. Er fand keine Arbeit mehr und lebte von Harz IV. 2010 sei er dann zu Hubert gekommen, der ihn eingestellt habe. Riemer habe eigentlich als Bauleiter gut gearbeitet, wenn nicht ab und zu seine Alkoholanfälle gewesen wären. Deshalb musste Hubert ihn schließlich fristlos kündigen. Er habe seine Drohung aber nicht ernst genommen. Im Gegenteil, er habe Sebastian noch wissen lassen, dass er ihn nach einer erfolgreichen Entziehungskur wieder nehmen würde. Auch habe er ihm finanzielle Unterstützung zugesagt, wenn er eine solche Kur machen würde.

Kommissar Schreiber bedankte sich und sagte dann: „Sie können uns nachher sicher die Adresse von Herrn Riemer geben. Aber kennen Sie außer ihm noch andere Personen, die Hubert Hetzer gehasst haben könnten? Um ihrer Frage zuvorzukommen, wir können nämlich nicht ausschließen, dass gezielt auf ihn geschossen wurde."

Willi Mergert wiegte den Kopf. „Ich kann mir niemand vorstellen, der Hubert nach dem Leben getrachtet haben könnte. Es gab da zwar vor zwei Wochen einen hässlichen Streit mit Herrn Stiller. Das ist der Chef einer Baufirma in Greiz. Da ging es um einen ziemlich großen Auftrag für den Neubau eines Verwaltungsgebäudes in Greiz. Der war natürlich öffentlich ausgeschrieben. Wir haben den Zuschlag erhalten und die Firma des Herrn Stiller ist leer ausgegangen. Herr Stiller war dann hier im Büro und hat getobt. Wir hätten den zuständigen Beamten im Landratsamt bestochen und er würde schon dafür sorgen, dass das alles ans Licht käme. Hubert hat gelacht und gesagt: „Wer im Glashaus sitzt, soll nicht mit Steinen schmeißen und sie, Herr Stiller, sollten sich mit solchen Behauptungen sehr vorsehen."

Dann zog Stiller ab und ich stellte Hubert zur Rede, was er gemeint habe. Daraufhin sagte

Hubert, dass ich mir keine Gedanken machen solle. Bei uns sei alles o.k., aber über Stiller und dessen Geschäftspraktiken wüsste er mancherlei, was diesen in Teufels Küche bringen könnte. Aber Näheres wollte er nicht sagen.
Ich kann mir allerdings nicht vorstellen, dass Stiller auf Hubert geschossen haben könnte."
„Na, wir werden auch dieser Sache nachgehen", meinte Schreiber. „Jetzt müssen wir aber zurück in Präsidium. Wir werden uns sicher schon morgen noch ausführlicher unterhalten müssen und auch die Geschäftunterlagen möchten wir gern einsehen. Wenn Sie es wünschen, können wir dann einen richterlichen Beschluss mitbringen."
„Das wird nicht nötig sein", entgegnete Mergert. „Von unserer Seite erhalten Sie alle Unterstützung und wir hoffen, dass Sie diese schreckliche Tat bald aufklären können."

Damit verabschiedeten sich die beiden Kriminalisten und begaben sich zu ihrem Auto, um zurück nach Gera zu fahren.

IV

Freitag, 3. Mai 2013, 21:30 Uhr.

Im Beratungsraum der Morduntersuchungskommission Gera waren 10 Personen versammelt. Mit Hauptkommissar Günter Schreiber, Hauptkommissarin Susanne Feigel, Oberkommissar Torsten Becker, Kommissar Lutz Waski, Kommissaranwärter Tom Zahn und der Sekretärin Steffi Brenner war das Team der MUK vollzählig.

Außerdem waren der Leiter der Kriminaltechnik Hauptkommissar Karl Richter und sein Stellvertreter Oberkommissar Helmut Vorberg anwesend. Schließlich waren auch Kriminalrat Bernd Bischof, der Leiter des Geraer Polizeipräsidiums, sowie Frau Christine Fuchs, die zuständige Staatsanwältin, gekommen.

Günter Schreiber eröffnete die Beratung.

„Wir haben es mit zwei unnatürlichen Todesfällen zu tun, die sich beide fast zur gleichen Zeit in Weida ereignet haben. Ob ein Zusammenhang besteht, ist völlig unklar. Ich schlage vor, dass wir uns zuerst mit dem Banküberfall beschäftigen. Ich bin der festen Überzeugung, dass die Bank nicht zufällig genau dann überfallen wurde, als zweihundertfünfzigtausend Euro ausgezahlt werden sollten. Außerdem sollte uns die gezielte Ermordung von Hubert Hetzer zu denken geben."

Dann schilderte er, wie sich der Überfall abgespielt hatte und informierte die Anwesenden über die Ergebnisse der Gespräche in Auma.

„Hat jemand hierzu noch Fragen?", beendete Günter Schreiber seine Ausführungen.

Dies wurde einhellig verneint.

„Dann bitte ich, dass uns Susanne darüber informiert, was die Befragungen in der Bank ergeben haben", wandte er sich an seine Stellvertreterin.

Hauptkommissarin Susanne Feigel berichtete dann, dass die Bankangestellten und hier besonders die beiden Frauen ob des brutalen Überfalls völlig unter Schock gestanden hätten und erst nach einiger Zeit in der Lage gewesen wären, Aussagen zu machen.

Der Filialleiter Michael Kuhn sei sich völlig sicher gewesen, mit niemandem über die bevorstehende Auszahlung gesprochen zu haben. Für die Kassiererin würde das ebenso zutreffen. Mit Frau Giselle Leitner sähe das aber etwas anders aus. Frau Leitner sei 24 Jahre alt. Sie habe nach dem Abitur in der Gemeinschaftsbank Weida eine Lehre als Bankkauffrau absolviert und sei dann übernommen worden. Kuhn hat sie als absolut zuverlässig und tüchtig bezeichnet. Nachdem auch Frau Leitner zunächst ausgesagt hatte, nicht über die Auszahlung der großen Summe gesprochen zu haben, gab sie nach eindringlicher Befragung zu, dass sie dies doch gegenüber ihrem Freund, mit dem sie zusammen lebt, erwähnt haben könnte. Der Freund heißt Lars Schilling, ist 26 Jahre alt und arbeitet auf dem Bau.

„Ich habe natürlich sofort gefragt, ob er bei der Firma Hetzer beschäftigt sei", setzte Susanne Feigel ihren Bericht fort. „Dies hat Frau Leitner aber verneint. Allerdings ist ja nicht auszuschließen, dass er bei einem Subunternehmer von Hetzer beschäftigt ist. Dies sollten wir unbedingt überprüfen, zumal auch Kuhn mit aller Vorsicht nicht besonders gut von Schilling gesprochen hat. Er meinte, dieser gehöre zur rechten Szene. Die Adressen von Leitner und Schilling habe ich natürlich.

Was die Unterhaltung mit Polizeiobermeister Millner und den Zeugen Heiko Orner ergaben hat, sollte Lutz selbst berichten."

Kommissar Schreiber nickte und sah Lutz Waski auffordernd an.

„Neues ist bei meinen Gesprächen mit den beiden nicht heraus gekommen", begann dieser. „Der Umsicht von Millner ist es zu danken, dass wir den Zeugen Orner haben. Millner und seine Kollegen haben dann ja die umliegenden Geschäfte und Wohnungen aufgesucht, aber keine weiteren Zeugen gefunden. Niemand hat etwas von dem Überfall bemerkt, das Ganze ging ja auch ziemlich schnell.

Heiko Orner, ein aufgeweckter junger Mann, der die 10. Klasse des Gymnasiums besucht, hat aber genau hingeschaut. Er konnte sagen, dass vor der Bank ein blauer PKW-Golf stand, in den zwei Männer, die aus der Bank kamen, eingestiegen sind. Der eine habe sich vorn neben den Fahrer gesetzt und einen schwarzen Aktenkoffer bei sich gehabt. Der andere sei rechts hinten eingestiegen und dann sei das Auto zügig, aber nicht rasant davon gefahren. Orner meinte, es könne ein Golf III gewesen sein, jedenfalls nicht das neueste Modell. Vom Nummernschild habe er sich nur das G und die letzte Ziffer, eine 3 oder eine 8 merken können.

Ich halte den Zeugen für absolut glaubwürdig und wir können wohl davon ausgehen, dass an dem Überfall mit dem Fahrer des Golf mindesten drei Personen beteiligt waren."

Waski setzte dann fort: „Wir hatten hier ja vor unserer Beratung noch etwas Zeit und da habe ich in unserem Computer nachgesehen, ob wir etwas über Lars Schilling haben. Dabei stellte sich heraus, dass dieser junge Mann, er ist 25 Jahre alt, schon mehrmals mit den Gesetzen in Konflikt geraten war. Er hat zwar die Schule und seine Lehre als Maurer ordentlich abgeschlossen. Im Alter von 17 Jahren ist er aber zu 50 Tagen gemeinnütziger Arbeit verurteilt worden, weil er zusammen mit anderen bei einer Prügelei unter so genannten Fußballfans besonders brutal zugeschlagen und einen bereits am Boden Liegenden mit Fußtritten schwer verletzt hatte. Als er 20 war, wurde er angeklagt, gemeinsam mit zwei Freunden einen Rentner überfallen und ausgeraubt zu haben. Der Geschädigte konnte sich aber nur an die beiden anderen erinnern und war sich nicht sicher, ob Lars Schilling auch dabei war. Da die Freunde nicht gegen ihn aussagten, wurde er freigesprochen. Im vergangen Jahr ist er als Anführer einer Gruppe von Jugendlichen identifiziert worden, die im Stadion des Fußballklubs Carl-Zeiß-Jena Bengalos angezündet und Feuerwerkskörper in den Block der gegnerischen Anhänger geschossen hatten. Seitens der Klubleitung erhielt er 2 Jahre Stadionverbot." Mit der Feststellung, dass es keine Hinweise über Kontakte von Schilling zur rechtsradikalen Szene gibt, schloss Lutz Waski seine Ausführungen.

Günter Schreiber dankte und fragte Karl Richter, was die Auswertung der Überwachungskamera ergeben habe.

Richter antwortete: „Es sind die beiden Männer zu erkennen, wie den Schalterraum betreten. Dann hat einer von ihnen seine Pistole auf die Kamera gerichtet und einen Schuss abgefeuert. Dabei ist er kurz von vorn zu sehen, aber mit Kapuze und Sonnenbrille maskiert. Leider hat er mit seinem Schuss die Kamera beschädigt. Das Projektil wird derzeit noch untersucht. Ob uns die wenigen Bilder vom Beginn des Überfalls weiterhelfen können, bezweifle ich sehr. Ich habe aber veranlasst, dass uns ausreichend viele Kopien zur Verfügung stehen werden."

Schreiber bedankte sich und wollte wissen, ob es noch Fragen gäbe.

„Was hat denn die Fahndung nach dem Auto ergeben?", wollte die Staatsanwältin Christine Fuchs wissen.

Kriminalrat Bernd Bischof nahm das Wort und erklärte, dass die Ringfandung um 15:00 Uhr stand und nach diesem Zeitpunkt das gesuchte Auto nicht mehr hätte durchkommen können. Man habe bisher aber weder durch die Ringfahndung noch durch Streifenwagen eine Spur von diesem gefunden. Die Ringfahndung habe man um 18:00 Uhr abgebrochen. Die Computersuche nach Autos der Marke Golf, blau und mit Kennzeichen, die mit G beginnen und eine 3 bzw. 8 als letzte Ziffer haben, hat 27 Treffer ergeben. Derzeit seien 8 Beamte unterwegs, um festzustellen, ob eines dieser Fahrzeuge der Fluchtwagen sein könnte. Nicht auszuschließen sei natürlich, dass die Täter gefälschte bzw. gestohlene Kennzeichen verwendet haben. Die Prüfung, ob ein Golf als gestohlen gemeldet wurde, habe natürlich auch stattgefunden, sei aber für Thüringen negativ ausgegangen. Eine entsprechende Anfrage an die Länder Bayern, Sachsen und Sachsen-Anhalt sei herausgegangen.

„Bevor wir unser weiteres Vorgehen festlegen", sagte Kommissar Schreiber, „sollten wir uns erst noch anhören, was die Untersuchungen zu dem Toten auf Gleis 2 ergeben haben. Wer von euch berichtet, Torsten oder Helmut?"
Oberkommissar Helmut Vorberg sagte: „Ich", und schilderte dann, dass man sehr sicher sagen könne, wie der Mann zu Tode gekommen ist. Er habe vor dem sechsten Schotterwaggon auf dem Gleis gelegen, als der Zug anfuhr. Seine Lage war so, dass der Hals genau auf der Schiene lag. Damit wurde dann der Kopf durch die Räder der ersten Achse des letzten Waggons abgetrennt. Blutspuren am Gleis und an dem Schotterwaggon, die dies belegen, konnten gesichert werden.
Nach Meinung von Frau Dr. Berschot trat der Tod auch erst durch das Überfahren ein, was sie aus der Lage und Menge der Blutspuren schloss. Genaueres wollte sie natürlich erst nach der Obduktion sagen. Sie ist dann mit dem Leichenwagen zur Gerichtsmedizin gefahren und wollte gleich an die Arbeit gehen.
Vorberg fuhr fort: „Einen Unfall kann man auf Grund der Spurenlage ausschließen. Es ergibt sich

damit die Frage, ob sich der Mann selbst unter den Zug gelegt hat oder ob er dorthin gelegt wurde. Im letzteren Fall müsste er bewusstlos gewesen sein, was sicher die Obduktion klären kann. Festzustellen ist, dass wir trotz intensiver Suche keine Schleifspuren zum Fundort des Toten gefunden haben. Wenn er dorthin gelegt wurde, wurde er getragen, was dann auf mindestens zwei Täter hindeutet. Interessant für uns sind die Spuren, die wir in dem etwa 50 m vom Fundort entfernten alten, nicht mehr benutzen Schuppen fanden.

Hier haben sich vor nicht allzu langer Zeit drei Personen aufgehalten und es könnte auch ein Kampf stattgefunden haben. Meine Kollegen sind noch dabei, diese Spuren zu sichern und zu untersuchen. Ob das Ganze etwas mit dem Toten zu tun hat, ist allerdings noch unklar. Sagen sollte ich vielleicht noch", schloss Vorberg seine Rede, „dass wir keinerlei Hinweise auf die Identität des Toten gefunden haben."

Hauptkommissar Günter Schreiber blickte in die Runde, aber keiner der Anwesenden hatte noch Fragen.

„So", fragte er: „Wie verfahren wir mit der Presse? Ich schlage vor, über beide Fälle zu berichten, aber unbedingt getrennt."

Kriminalrat Bischof nickte zustimmend und sagte: „Unsere Pressestelle wird schon von den Medienvertretern belagert. Ich habe versprochen, dass wir 22:00 Uhr eine Presseerklärung herausgeben. Es ist jetzt 22:05 Uhr und ich denke wir sollten folgende Texte veröffentlichen." Damit las er vor:

Banküberfall in Weida.

Am 3. Mai 2012 betraten gegen 14:30 Uhr zwei maskierte Männer den Schalterraum der Gemeinschaftsbank in Weida. Sie waren mit Pistolen bewaffnet und machten auch von diesen Gebrauch. Es gelang ihnen mit einem größeren Geldbetrag zu entkommen. Die sofort eingeleiteten Fahndungsmaßnahmen der Polizei haben bisher nicht zum Erfolg geführt. Zu ihrer Flucht benutzten die Täter wahrscheinlich einen dunkelblauen Pkw der Marke Golf. Es soll sich um ein älteres Modell handeln. Vom Kennzeichen ist nur bekannt, dass es mit dem Buchstaben G für Gera beginnt und mit der Ziffer 3 oder 8 endet.

Wer in der fraglichen Zeit in der Nähe der Bank etwas Auffälliges beobachtet hat oder Angaben zum gesuchten Fahrzeug machen kann, wende sich bitte an die Kriminalpolizei in Gera oder eine andere Polizeidienststelle. Für Angaben, die zur Ergreifung der Täter führen, ist eine Belohnung von 1.000 Euro ausgesetzt.

„Unsere Telefonnummer ist selbstverständlich noch anzugeben und das mit der Belohnung müsste von Ihnen, Frau Fuchs, natürlich noch genehmigt werden", wandte er sich an die Staatsanwältin.

Diese war voll einverstanden.

Der Kriminalrat redete weiter: „Im Fall des Toten vom Gleis 2 denke ich an folgenden Text:

In den frühen Nachmittagsstunden des 3. Mai wurde im Bahnhof Weida-Altstadt eine männliche Person von einem Zug überfahren und

*tödlich verletzt. Bisher hat die Polizei keine
Hinweise auf die Identität des Mannes.*

Hier sollten wir eine Bild des Toten in den Zeitungen und im Fernsehprogramm des MDR veröffentlichen und fragen, wer diesen Mann kennt.
Wenn es keine Einwände gibt, werde ich jetzt die Pressestelle und die wartenden Journalisten informieren und ankündigen, dass sie das Bild in Kürze erhalten."
Da sich keiner der Anwesenden äußerte, verließ Kriminalrat Bernd Bischof den Raum.

Kommissar Schreiber wandte sich an den Leiter der Spusi: „Karl, kannst du bitte veranlassen, dass wir ein vernünftiges Bild von unserem Bahntoten bekommen? Es wäre gut, wenn du dich gleich mit Frau Dr. Berschot in Verbindung setzen würdest. Sie ist sicher noch mit der Obduktion beschäftigt."
Karl Richter nickte, erhob sich, telefonierte vom Nebenraum und kam mit den Worten: "Das mit dem Bild geht in Ordnung" zurück.
Schreiber setzte fort: „Ich schlage vor, dass wir nach der Beratung für heute Schluss machen und morgen früh folgendes erledigen:
Susanne fährt zur Firma Hetzer nach Auma und unterhält sich nochmals ausführlich mit der Ehefrau und der Mutter von Hubert Hetzer sowie mit Herrn Mergert. Außerdem sollte sie sich die Geschäftsunterlagen, Kontoauszüge usw. ansehen, ob es Hinweise auf die Tötung von Hubert Hetzer gibt. Es wäre gut, wenn jemand von unserer Abteilung für Wirtschaftskriminalität mitfahren

könnte. Ich rede nachher diesbezüglich noch mit Bernd.

Tom, Sie bitte ich, nach Bad Elster zu fahren und sich diesen Felix Grasfeld näher anzusehen. Ich denke, Sie wissen worauf es ankommt. Also, wir wollen wissen, ob er von der zweihundertfünfzigtausend Euro Auszahlung gewusst hat und mit wem er vielleicht darüber gesprochen haben könnte. Vor allem aber muss er nach seinem Alibi für heute Nachmittag gefragt werden.

Lutz sollte sich Lars Schilling vornehmen, die Adresse haben wir ja. Auch sein Alibi muss überprüft werden und es ist auszuloten, ob er die Sache mit der Geldauszahlung weitererzählt hat.

Torsten sollte an der Sache mit dem Toten vom Bahnhof bleiben. Hier wäre die Vermisstendatei zu sichten und sicher gibt es morgen auch Reaktionen auf die Presseveröffentlichung. Ich werde Bernd bitten, uns hier noch weitere Kräfte zur Verfügung zu stellen.

Mein Programm sieht so aus, dass ich mir zunächst den Sebastian Riemer vornehme, um zu erfahren, was an seinen Drohungen gegen Hubert Hetzer dran ist. Dann werde ich nach Greiz fahren und sehen, was es mit diesem Arno Stiller auf sich hat.

Wenn nichts dazwischen kommt, sollten wir uns morgen um 14:00 Uhr alle hier treffen."

Dann wandte er sich an seine Sekretärin Steffi Bremer mit der Bemerkung: „Steffi, ich möchte Sie bitten, Ihr Wochenende wieder einmal zu opfern und morgen früh die vorliegenden Protokolle abzuschreiben und die bisherigen Ergebnisse in den PC einzugeben.

Euch Leuten von der Spusi brauche ich ja nicht zu sagen, was zu tun ist", sagte er dann als letztes zu Karl Richter und Helmut Vorberg.

Während alle anderen mit diesen Vorschlägen einverstanden waren, sagte Lutz Waski: „Ich möchte mit der Befragung von Lars Schilling nicht bis morgen warten. Die jungen Leute sind am Freitagabend sicher noch munter und vielleicht auch auf Achse, Ich werde versuchen, Schilling aufzuspüren und zu befragen. Bei den Akten war ja ein sehr gutes Bild von ihm und da müsste ich ihn eigentlich erkennen, wenn ich ihn sehe."

Günter Schreiber war vom Eifer seines jungen Kollegen sehr angetan. Steffi Bremer, die sich auf einen gemeinsamen Abend mit ihrem Freund Lutz gefreut hatte, machte zuerst ein etwas saures Gesicht. Sie sah aber natürlich ein, dass Lutz recht hatte, wenn er sich gleich um Schilling kümmern wollte. Sie erklärte sich bereit, Lutz zu begleiten, zumal nicht auszuschließen war, dass sich die Suche auch auf einige Diskotheken erstrecken könnte.

Hauptkommissar Schreiber war einverstanden, bemerkte aber, dass sich die beiden nicht die ganze Nacht um die Ohren schlagen sollten. Morgen würden schließlich ausgeruhte Leute gebraucht. Damit war die Beratung beendet.

V

Sonnabend, 4. Mai 2013, 9:00 Uhr.

Gera-Lusan:
Kriminalkommissar Lutz Waski stand erneut vor dem 5-geschossigen Plattenbau, wo in der 4. Etage Giselle Leitner und Lars Schilling ihre gemeinsame Wohnung hatten.

Als er am gestrigen Abend versucht hatte, Lars Schilling hier zu erreichen, war ihm kein Erfolg beschieden. Zusammen mit seiner Freundin Steffi Bremer hatte er dann noch in verschiedenen Diskotheken von Gera nach Schilling Ausschau gehalten, diesen aber nicht zu Gesicht bekommen.

Nun hatte er heute früh Steffi im Präsidium abgesetzt und versuchte sein Glück erneut. Nach mehrmaligem Klingeln meldete sich über die Sprechanlage eine verschlafene Stimme: „Zum Teufel, kann man denn nicht in Ruhe ausschlafen, was gibt es denn?"

Lutz antwortete: „Hier ist Kriminalkommissar Waski. Ich nehme an, Sie sind Herr Lars Schilling. Ich muss dringend mit Ihnen sprechen. Bitte öffnen Sie die Tür."

Der Summer ertönte, Lutz trat ins Haus und musste feststellen, dass der Aufzug außer Betrieb war. Nachdem er die vier Treppen hochgestiegen war, fand er die Tür zur rechts liegenden Wohnung angelehnt. Er trat ein und stand einem jungen, etwa 1,80 m großen Mann gegenüber, in dem er gleich Lars Schilling erkannte. Dieser war barfuss und mit einem kurzärmligen T-Shirt sowie einer grauen

Trainingshose bekleidet. Er wirkte etwas unge-
pflegt, wozu auch sein unrasiertes Gesicht beitrug.

Lutz zeigte seinen Dienstausweis, aber bevor er
etwas sagen konnte, brummte Lars Schilling: „Ich
kann mir nicht vorstellen, was die Polizei wieder
von mir will. Wir haben nichts Unerlaubtes
gemacht."

„Können wir uns bitte setzen", antwortete Kommissar Waski. Nachdem Lars Schilling zwei Stühle
frei geräumt hatte, nahmen beide Platz und Lutz
begann mit der Befragung, die folgende Ergebnisse
erbrachte:

Schilling sagte, dass er seit Dezember des vergangenen Jahres arbeitslos sei und zuvor bei dem
Geraer Baubetrieb Klein & Söhne als Maurer
gearbeitet habe. Ab 13. Mai sei er aber wieder
eingestellt.

Am gestrigen Freitag sei er von Mittag bis zum
Abend mit Freunden von seinem Fanclub zusammen gewesen. Sie hätten ein Plakat mit der Aufschrift „Trainer raus!" gemalt, das sie beim morgigen Spiel zeigen wollten.

Auf die Vorhaltung von Lutz Waski, dass er doch
in Jena Stadionverbot habe, entgegnete er, dass es
sich um ein Auswärtsspiel in Leipzig handele und
die kritische Lage des Klubs nur durch einen neuen
Trainer verbessert werden könne. Auf eine weitere
Nachfrage gab er den Namen des Freundes, Hansi
Steisner, und dessen Adresse in Hermsdorf an. Er
sei dort von 12:00 bis etwa 18:30 Uhr mit sieben
Kumpels zusammen gewesen.

Kommissar Waski notierte sich deren Namen und
fragte dann: „Wo ist denn ihre Freundin Giselle

Leitner? Was hat Sie Ihnen über ihre Arbeit in der Bank erzählt? Wussten Sie, dass gestern eine große Summe ausgezahlt werden sollte?"

„Ich habe ab um sieben hier in der Wohnung auf Gisi gewartet", antwortete Schilling. „Wir wollten gestern Abend ausgehen, aber als sie etwa um halb acht kam, war sie völlig aufgelöst. Sie erzählte mir, dass ihre Bank überfallen wurde, dass es dabei einen Toten gab und dass ein hoher Geldbetrag geraubt worden sei. Die Polizei habe sie ausführlich befragt. Zum Ausgehen hatte sie keine Lust, sie war auch völlig von der Rolle und wollte zu ihren Eltern, die wohnen hier im Zentrum. Dort wollte sie auch über Nacht bleiben. Dann fragte sie mich so komisch, ob ich oder meine Kumpels etwas mit dem Überfall zu tun hätten:"

„Haben Sie?", wollte der Kommissar wissen.

„Nein, natürlich nicht", versicherte Lars Schilling. „Ich habe ja vorher überhaupt nichts von dem riesigen Geldbetrag gewusst. Da kann ich also auch niemandem davon erzählt haben. Und nachdem Gisi weg war, bin ich in die Kneipe unten um die Ecke gegangen und bis kurz vor zwölf Geblieben. Sie können dort nachfragen."

Trotz intensiver Nachfrage von Waski blieb Lars Schilling bei der Behauptung, von dem Geld nichts gewusst zuhaben.

Bad Elster:

Tom Zahn stellte seinen Dienstwagen, einen dunkelblauen Opel-Astra, auf dem Parkplatz vor der Paracelsus-Klinik ab und betrat das Haus. Zielgerichtet steuerte er auf eine Tür mit der Aufschrift *Anmeldung* zu. Der freundlichen Dame hinter dem

Tresen zeigte er seinen Dienstausweis und fragte nach Felix Grasfeld.

„Sie können mir wohl nicht sagen, worum es geht?", kam die Frage. Tom schüttelte den Kopf, worauf die Dame in ihrem Computer schaute.

„Herr Grasfeld ist vorgestern vormittags hier eingetroffen und hat am Nachmittag die Aufnahmeuntersuchung absolviert. Dabei wird dann festgelegt, welche Behandlungen wann erfolgen sollen. Ich ersehe hier aus seinem Kurplan, dass er die erste Anwendung am kommenden Montag um 8:00 Uhr haben wird.

Herr Grasfeld bewohnt das Zimmer 314. Ich werde einmal anrufen, ob er sich meldet."

Nachdem mehrere Versuche erfolglos blieben, verlangte Tom Zahn einen verantwortlichen Mitarbeiter der Klinik zu sprechen.

Gemeinsam mit der Hausdame, die nach wenigen Minuten erschienen war, ging er in die 3. Etage zum Zimmer 314. Als mehrmaliges Klopfen ohne Antwort blieb, öffnete die Hausdame das Zimmer. Es war leer und das Bett war unbenutzt. Das Zimmermädchen wurde gerufen und konnte berichten, dass sie gesehen habe, wie der Bewohner von 314 gestern gegen 7:00 Uhr zum Frühstück ging. Sie habe sich noch gewundert, dass der junge Mann so zeitig aufgestanden sei. Das Zimmer wurde von ihr so gegen 11:00 Uhr gemacht. Den jungen Mann habe sie aber nicht mehr zu Gesicht bekommen.

Gemeinsam mit der Hausdame versuchte Tom dann noch Personen zu finden, die Felix Grasfeld gesehen haben könnten. Sie befragten das Personal von Küche und Speiseraum sowie die Kollegen,

die am Eingang Dienst hatten. Da Grasfeld aber
erst kurz im Hause weilte und Tom auch kein Bild
von ihm dabei hatte, war das ein aussichtsloses
Unterfangen. Nach dem Frühstück war Felix Grasfeld nicht mehr gesehen worden.

Auma

Hauptkommissarin Susanne Feigel war mit ihrem
Dienstwagen auf den Hof der Baufirma Hetzer
gefahren. Einen jungen Kollegen von der Abteilung Wirtschaftskriminalität, Kommissar Henry
First, hatte sie mitgebracht. Die Ankunft der beiden war bemerkt worden und Martha Hetzer stand
schon in der Tür.

Alle drei gingen in die Stube, wo Willi Mergert
und Gisela Hetzer bereits warteten. Er stand auf
und sie blieb in sich zusammengesunken auf dem
Sofa sitzen. Ihre Schwiegermutter setzte sich
gleich daneben und legte ihren Arm um sie. Dabei
fragte sie:

„Darf ich Ihnen etwas zum Trinken anbieten, Kaffee, Saft oder Wasser?" Henry First lehnte dankend
ab und auch Susanne Feigel schüttelte den Kopf.
Susanne stellte sich und ihren Kollegen vor und
sagte: „Ich möchte Ihnen auch im Namen meines
Kollegen unser Beileid aussprechen." Dann wandte
sie sich an die beiden Frauen: „Haben Sie denn
vergangene Nacht etwas schlafen können?"

„Kaum", antwortete Gisela Hetzer und Tränen
standen wieder in ihrem Gesicht. „Wir haben fast
die ganze Nacht geredet und gegrübelt, wer nur um
Himmels willen Hubert so etwas Schreckliches
angetan haben könnte."

„Wir werden den Täter finden", beteuerte die Kommissarin. „Aber dazu müssen wir jeder möglichen Spur nachgehen und deshalb sind wir ja auch hier. Vielleicht sollten Herr Mergert und mein Kollege einmal in die Geschäftsunterlagen schauen und wir drei Frauen unterhalten uns hier." Da alle einverstanden waren, erhoben sich die beiden Männer und gingen über den Flur ins Büro.
Dort angekommen fragte der Prokurist Mergert, womit er denn helfen könne. „Ich würde mir als erstes gern die Bankunterlagen der letzten Jahre ansehen", sagte der Kommissar. Mergert antwortete: „Ich habe vergangene Nacht auch kaum geschlafen und war sehr früh hier im Büro. Da habe ich schon einmal alles bereitgestellt, was Sie interessieren könnte. „Hier in diesen Ordnern finden Sie alle Bankvorgänge dieses Jahres sowie die von 2010 bis 2012." Eine stattliche Anzahl von Leitz-Ordnern war auf dem Beratungstisch aufgestellt. Kommissar First machte sich an die Arbeit. Mit den Worten: „Ich lasse Sie jetzt besser allein. Wenn Sie mich brauchen, ich bin nebenan", verließ Willi Mergert den Raum.

Im Wohnzimmer hatte sich inzwischen Gisela Hetzer etwas beruhigt. Sie sah Susanne Feigel nun offen ins Gesicht und irgendwie fanden sich die beiden Frauen gegenseitig recht sympathisch.
„Ist Ihnen denn zu den beiden Fragen, wer Ihrem Sohn bzw. Mann nach dem Leben hätte trachten können und wer von der bevorstehenden Geldauszahlung gewusst haben könnte, noch etwas eingefallen?", wollte die Kommissarin wissen. Beide Frauen schüttelten den Kopf. „Glauben Sie", ließ

sich Martha Hetzer vernehmen, „wir haben uns die ganze Nacht den Kopf über diese Fragen zermartert und geredet und uns gefragt, ob es außer der Sache mit Sebastian Riemer noch etwas anderes geben könnte. Wir haben nichts gefunden und meinen auch, dass Sebastian für eine solche Tat nie und nimmer infrage kommt."

„Na gut", nahm Susanne Feigel die Antwort zur Kenntnis, „da kann man nichts machen." Dann wandte sie sich direkt an Gisela Hetzer: „Frau Hetzer, können Sie mir bitte etwas über Ihre Ehe erzählen. Wann haben Sie Ihren Mann kennen gelernt? Wie war Ihre Ehe? Bitte verstehen Sie mich nicht falsch, aber wir müssen ein möglichst klares Bild von ihrem Mann und seinen Lebensumständen haben. Glauben Sie mir, schon oft hat uns da ein winziges Detail geholfen, ein Verbrechen aufzuklären.

Gisela Hetzer nickte und erklärte dann, dass ihre Ehe gut gewesen sei und es keinerlei Probleme gegeben hätte.

Kennengelernt habe sie Hubert in Weimar. Sie stamme aus der Gegend von Hannover und sei die einzige Tochter eines Rechtsanwaltes. In Weimar habe sie an der Musikhochschule Friedrich Liszt studiert, weil sie Korrepetitorin oder Musiklehrerin habe werden wollen. Bei einer Veranstaltung im Studentenclub Kasseturm hätten sich die beiden dann das erste Mal gesehen, sich danach dann öfter getroffen und sich schließlich ineinander verliebt.

2009, gleich nachdem Hubert seinen Abschluss in der Tasche hatte, hätten sie geheiratet und seien hierher gezogen. Die Umstellung von Hannover oder Weimar auf ein so kleines Nest sei ihr natürlich schwer gefallen. Sie seien aber viel nach Leipzig und Dresden ins Theater und zu Konzerten gefahren und hier in Auma leite sie den Kirchenchor und spiele auch gelegentlich die Orgel.

Susanne Feigel hatte zwar das Gefühl, dass Frau Hetzer ihre Ehe und ihr Leben zu glatt und konfliktarm geschildert hatte, wollte aber aus verständlichen Gründen nicht weiter in die junge Frau eindringen. Sie bedankte sich und wollte sich schon verabschieden, als sie auf die Idee kam, den beiden Frauen das Bild des unbekannten Toten vom Gleis 2 zu zeigen. Die Pathologen in Jena hatten das Gesicht recht gut rekonstruiert und der MUK ein Foto übermittelt, das allerdings für die Samtstagsausgaben der Zeitungen leider zu spät gekommen war.

Mit den Worten: „Ich danke Ihnen für ihre Unterstützung und würde Sie nur noch bitten, sich dieses Foto anzusehen", legte sie das Bild auf den Tisch.

Die Frauen schauten darauf und riefen fast gleichzeitig: „Oh Gott, dass ist doch Felix Grasfeld. Der ist doch zur Kur in Bad Elster, was ist denn mit ihm passiert? Lebt er noch?"

„Leider nein", musste die Kommissarin antworten. „Wir haben ihn im Bahnhof Weida-Altstadt gefunden, wo er von einem Zug überfahren worden ist. Genaueres weiß ich leider auch noch nicht. Die Umstände seines Todes werden derzeit von unseren Spezialisten untersucht.

„So ein Schicksalsschlag", jammerte Martha Hetzer. „Erst wird mein Sohn ermordet und nun ist auch sein bester Freund tot. Wie hängt denn das alles zusammen?"

Die Antwort lautete: „Das kann ich Ihnen leider noch nicht sagen, wir stehen mit unseren Ermittlungen ja noch ganz am Anfang, aber wir werden in den nächsten Tagen sicher in Kontakt bleiben, dann erfahren Sie mehr. Jetzt will ich noch kurz mit Herrn Mergert reden und dann muss ich schnellstens ins Präsidium."

Sie verließ den Raum, griff aber, bevor sie das Büro betrat, zum Handy und rief ihren Chef an. „Hallo Günter, begrüßte sie ihn", als er sich meldete. „Ich habe Neuigkeiten. Der Tote von Gleis 2 ist Felix Grasfeld. Die Damen Hetzer haben ihn einwandfrei erkannt. Die beiden Fälle hängen also wohl doch zusammen."

„Na, das ist ja eine interessante und wichtige Neuigkeit", antworte Günter Schreiber. „Ich habe aber auch etwas zu bieten lass dich überraschen. Ich schlage vor, wir sollten unsere für 14:00 Uhr angesetzte Beratung vorziehen. Kannst du bis 12:30 Uhr hier sein? Die anderen werde ich auch verständigen."

„Ich denke schon", antwortete Susanne. „Ich möchte mich aber noch kurz mit Willi Mergert unterhalten, aber bis halb eins kann ich im Präsidium sein."

Damit betrat sie das Büro und fragte: „Na Henry, schon etwas gefunden?" „Die gesamte Buchhaltung scheint mir außerordentlich gewissenhaft geführt.", antwortete dieser. „Das einzige was mir bis jetzt aufgefallen ist, sind monatliche Überweisungen von zweitausend Euro. Sie tauchen ab Mai

2011 auf und enthalten als Zahlungsgrund nur die Bemerkung *bekannt*. Sie gehen alle auf das gleiche Konto bei der Sparkasse Pößneck, die Daten habe ich aufgeschrieben. Rechnungen oder andere Belege habe ich dazu bisher nicht gefunden. Herr Mergert konnte mir auch nur sagen, dass diese Zahlungen vom Chef persönlich veranlasst wurden. Auf Fragen danach habe er nur die Antwort erhalten, dass dies schon in Ordnung ginge."

„Um diese Sache müssen wir uns kümmern", meinte Kommissarin Feigel. „Jetzt möchte ich aber noch kurz mit Mergert sprechen und dann muss ich schnell ins Präsidium. Der Chef hat uns alle für 12:30 Uhr zusammengerufen. Du solltest aber hier weitermachen, ich schicke dir ein Fahrzeug, wenn du fertig bist oder du nimmst ein Taxi."

Henry First nickte und ging wieder an die Arbeit.

Susanne Feigel begab sich in den Nebenraum und unterhielt sich mit Willi Mergert.

Der war des Lobes voll über Hubert. Besonders wie dieser nach dem plötzlichen Tod seines Vaters die Firma weitergeführt und mit Geschick und Können ausgebaut habe. Dabei seien ihm sicher auch die 2 Millionen Euro von Nutzen gewesen, die sein Schwiegervater kurz nach seiner Hochzeit als Stille Beteiligung in die Firma eingebracht habe.

Hier wurde die Kommissarin hellhörig und wollte wissen, ob Mergert den Eindruck gehabt hätte, dass es sich um eine reine Geldheirat gehandelt haben könnte. Aber dies verneinte Willi Mergert energisch. „Wir haben zwar gedacht", führte er aus, „dass Hubert einmal seine Freundin Gabi

Dreier heiraten würde, mit der er während der Schulzeit und auch noch danach ein inniges Verhältnis hatte. Aber während des Studiums, er in Weimar, sie in Potsdam haben sich die beiden wohl entfremdet. Die Gisela hat er meines Wissens Ostern 2007 zum ersten Mal mitgebracht und ich hatte den Eindruck, dass dies eine große Liebe sei. 2009 haben die beiden ja hier eine prachtvolle Hochzeit gefeiert und waren dann in den Flitterwochen wohl im Wochenendhaus von Giselas Vater auf Sylt. In der letzten Zeit hatte ich allerdings den Eindruck, dass sich ihre Beziehung etwas abgekühlt hatte. Ich habe keine Belege dafür, ich habe keinen Krach wahrgenommen und vielleicht sind das auch Hirngespinste eines alten Mannes. Sie kennen sicher das Sprichwort aus Korea, wo sich die künftigen Eheleute erst bei der Hochzeit kennenlernen. Man sagt dort: „*Wir stellen einen Topf kaltes Wasser auf einen heißen Herd und bringen es zum Kochen. Ihr Europäer stellt einen Topf kochendes Wasser auf einen kalten Herd und wundert euch über das Ergebnis.*"

Mit den Worten: „Entschuldigen Sie meine Geschwätzigkeit, aber die Sache nimmt mich doch sehr mit", beendete Mergert seine Rede.

Die Kommissarin konnte ihn beruhigen und meinte, dass er vielleicht einen wichtigen Beitrag zur Lösung des Falles geliefert hätte.

Dann zeigte sie ihm das Bild von dem Toten auf Gleis 2. Auch Mergert erkannte sofort Felix Grasfeld und war über dessen Schicksal genauso entsetzt wir zuvor die beiden Frauen.

Mit der Versicherung, dass man weiterhin in engem Kontakt bleiben werde, verabschiedete sich Susanne Feigel und trat die Rückfahrt nach Gera an.

Weida, Jahnstraße
Hauptkommissar Günter Schreiber hielt mit seinem Dienstfahrzeug, einem silbergrauen Opel-Insignia vor einem hübschen Doppelhaus. Im gepflegten Vorgarten blühten noch Narzissen und auch schon einige Tulpen. Über der linken Tür war die Hausnummer 56 angebracht, hier sollte Sebastian Riemer wohnen. Schreiber klingelte mehrmals, aber niemand meldete sich. Er ging um das Haus und sah im Garten des Nachbarhauses eine junge Frau, die auch in ihrer aus Jeans und blauen Leinenhemd bestehenden Arbeitskleidung sehr hübsch anzusehen war.

„Hallo", rief er sie an: „Ich möchte zu Sebastian Riemer, können Sie mir sagen, ob er zu Hause ist oder wo ich ihn finden könnte?"

Die Frau kam zum Zaun: „Was wollen Sie denn von Sebastian?"

Der Kommissar stellte sich vor, wies sich aus und wiederholte seine Frage.

„Kommen Sie bitte mit ins Haus", erhielt er zur Antwort. „Mein Mann hat Sebastian noch gestern Abend ins Krankenhaus gefahren. Aber das kann er Ihnen selbst erzählen. Er schläft noch, aber ich werde ihn wecken."

Günter Schreiber ging zurück auf die Straße und dann zur Tür des Hauses Nr. 54. Diese wurde nach ganz kurzer Zeit geöffnet und die junge Frau bat ihn in ein recht modern eingerichtetes Wohnzimmer. Die Tür zur Terrasse stand noch offen. Er wurde gebeten, Platz zu nehmen, und die junge Frau ging, ihren Mann zu holen.

Nach wenigen Minuten kam sie wieder in Begleitung eines jungen Mannes, der zwar unausgeschlafen wirkte, aber auf Schreiber einen durchaus angenehmen Eindruck machte.

„Manfred Arnold", stellte er sich vor. „Was ist denn passiert?"

„Wir müssen Herrn Riemer als Zeugen befragen, mehr kann ich Ihnen derzeit leider nicht sagen", antwortete der Kommissar. „Erklären Sie doch bitte, warum Sie Ihren Nachbarn gestern ins Krankenhaus gefahren haben."

Daraufhin erzählte Manfred Arnold: „Ich bin mit Sebastian, also mit Herrn Riemer, eigentlich recht gut befreundet und wir haben des Öfteren bei mir oder bei ihm zuhause oder auch in einer Kneipe einen zusammen gebechert. Sebastian hat gern einen getrunken und er ist wohl, wenn ich es recht bedenke, alkoholabhängig. Gestern kam er so kurz nach 20:00 Uhr, die Tagesschau hatte gerade begonnen, nach Hause. Kurze Zeit später hat er bei uns geklingelt. Er sah fürchterlich aus, ganz blass und er hat am ganzen Körper gezittert. „Manfred", hat er gesagt, „ich will von dem verdammten Zeug weg". Gestern habe ihn sein Chef deswegen rausgeschmissen. Von da ab hätte er keinen Tropfen mehr getrunken und wolle das auch nicht mehr. Er glaubte, mit ihm würde es zu Ende gehen. Er schilderte, dass er nicht mehr klar denken könne und dass es ihm hundeelend sei.

Ich habe ihn angefasst und gemerkt, dass sein Puls raste. Kalter Schweiß stand ihm auf der Stirn. Da habe ich ihn in mein Auto gesetzt und in das Krankenhaus gefahren. In der Notaufnahme hat man dann gemeint, er hätte massive Entzugserscheinungen und er wurde in die Psychiatrie eingewiesen."

Günter Schreiber bedankte sich und wollte dann noch wissen, was Sebastian Riemer noch erzählt habe. Aber Arnold konnte nur berichten, dass er kaum gesprochen und wenn, dann nur gejammert habe.

Der Kommissar verabschiedete sich und wollte ins Krankenhaus fahren, um Riemer dort zu befragen. Er war auf dem Weg zu seinem Auto als sein Handy klingelte. Es meldete sich Karl Richter: „Günter, halte dich fest, wir haben eine interessante Entdeckung gemacht. Einer der Bankräuber hat doch auf die Überwachungskamera über der Tür geschossen. Leider hat er sie dabei sehr stark beschädigt, so dass nur noch die Bilder übrig sind, die zeigen, wie die beiden die Bank betreten. Sie sind nur von hinten erfasst. Der Schütze ist aber kurz zu sehen wie er sich umdreht und feuert. Mit den Bildern wird wohl nicht viel anzufangen sein. Aber wir haben das Projektil aus der Wand herausgeholt und untersucht. Es stammt aus einer alten Walther PP und genau diese Waffe wurde am 5. Juli 2002 bei einem Banküberfall in Zeulenroda benutzt. Der Täter, er heißt Achim Weismann, wurde noch am gleichen Tag gefasst. Ich habe veranlasst, das dir die Akte umgehend auf dem Tisch kommt."

„Danke Karl", antwortete Günter Schreiber. „Ich werde die Befragungen von Sebastian Riemer und diesem Arno Stiller aus Greiz verschieben und sofort ins Präsidium kommen und mir diese Akte ansehen."

VI

Zeulenroda im Jahr 2002.

Am Abend des 6. Juni, einem Donnerstag, herrschte im Goldenen Löwen eine ausgelassene Stimmung. Etwa 30 Mädchen und Jungen im Alter zwischen 18 und 22 Jahren feierten fröhlich, weil man ihnen an diesem Tag mitgeteilt hatte, dass sie alle das Abitur bestanden hätten. Der Ober hatte reichlich zu tun, um die zahlreichen Getränkewünsche zu erfüllen. Die meisten tranken Bier, einige Mädchen auch Wein und diejenigen, die noch mit dem Auto nach Hause fahren mussten, orderten nur Alkoholfreies. Die Gespräche drehten sich natürlich um die in den vergangenen Tagen absolvierten mündlichen Prüfungen. Einige berichteten über Glück, das sie gehabt hätten, als genau die Themen abgefragt wurden, die sie gelernt hatten. Andere meinten, dass es ihnen nicht ganz so gut ergangen sei, sie sich aber irgendwie durchgewurstelt hätten. Allgemein herrschte große Zufriedenheit und auch die Lehrer wurden günstig beurteilt. Keiner hatte das Gefühl, hereingelegt worden zu sein, im Gegenteil wurde von verständnisvoller Hilfe erzählt.

An einem Tisch in der hinteren rechten Ecke des Raumes saßen drei Jungen und zwei Mädchen. Es handelte sich um Achim Weismann, Felix Grasfeld und Hubert Hetzer. Diese drei unzertrennlichen Freunde wurden das Kleeblatt genannt, wobei sich Achim und Felix oft den Jux erlaubten, die zwischen ihnen bestehende Ähnlichkeit durch weitgehend identische Bekleidung noch zu unterstreichen.

Die beiden Mädchen waren Gabi Dreier und ihre Freundin Beate Staumer. Gabi und Hubert waren schon länger sehr eng befreundet und träumten von einer gemeinsamen Zukunft.

Felix hatte schon länger ein Auge auf Beate geworfen, dieser wäre aber die Aufmerksamkeit von Achim wesentlich lieber gewesen.

Auch an diesem Tisch war die Stimmung prächtig, nur Achim Weismann wollte sich an der allgemeinen Alberei nicht so recht beteiligen. Vergiss doch einmal für ein paar Stunden die Probleme mit deiner Mutter", versuchte Hubert seinen Freund aufzumuntern.

„Ihr habt gut reden, ihr wisst alle, wie es für euch weitergeht, aber mir geht da so Vieles durch den Kopf", entgegnete Achim.

Er hatte recht. Die beiden Mädchen wollten Lehrerinnen werden und hatten sich für ein Studium in Potsdam beworben. Felix, der nach dem Unfalltod seiner Eltern bei den Großeltern in Triebes aufwuchs und von diesen liebevoll umsorgt wurde, wollte nach seinem Zivildienst Chemie studieren. Dies war schon immer sein Lieblingsfach und er gedachte, sich in Halle immatrikulieren zu lassen. Und für Hubert war der weitere Werdegang auch vorgezeichnet. Sein Urgroßvater hatte sich kurz vor dem zwei-

ten Weltkrieg als junger Mann in Auma selbstän-
dig gemacht und seinen Bauhandwerksbetrieb
nach dem Krieg, den er als Soldat unbeschadet
überstanden hatte, erfolgreich weitergeführt.
Der Großvater von Hubert hatte dann den
Betrieb übernommen und war dann, mehr oder
minder freiwillig, in eine Produktionsgenossen-
schaft des Handwerks, kurz PGH, eingetreten.
Nach der Wende hat er dann zusammen mit seinem Sohn eine florierende Baufirma aufgebaut.
Leider kam er 1995 bei einem Unfall ums Leben,
so dass Huberts Vater die Firma allein weiterfüh-
ren musste. Für Hubert stand schon sehr früh
fest, dass er Bauingenieur werden wolle, um die
Firma dann einmal zu übernehmen.
Studieren wollte er in Weimar, wenn er seinen
Grundwehrdienst hinter sich gebracht hätte.
Achim war in Zeulenroda, im Siedlungsgebiet Am
Rundteil aufgewachsen. Dort wohnten seine
Eltern in einem kleinen Siedlungshaus zusammen mit seinen Großeltern, denen das Haus
gehörte. Der Großvater war Werkmeister im
Möbelkombinat ZEUTRIE, wie der Zusammen-
schluss der vielen, nach 1945 volkseigen gewor-
denen Möbelwerke hieß.
Achims Mutter war Buchhalterin und sein Vater
2. Sekretär der SED-Kreisleitung. Von frühester
Kindheit an wurde Achim damit eine sogenannte
sozialistische Erziehung zuteil. Westfernsehen
gab es zuhause nicht. Z.B. kannte er *Urmel* oder
Tim Knopf nur, weil er bei seinen Freunden flei-

ßig auch die vom Vater verbotenen und als *Schwarzen Kanal* bezeichneten Westsender sah.

Mit der Wende 1989, Achim hatte gerade seinen 10. Geburtstag gefeiert, brach die Welt seiner Eltern zusammen. Beide waren plötzlich ohne Arbeit und ohne Einkommen. Die Möbelwerke wurden abgewickelt und auch der Großvater verlor seinen Arbeitsplatz. Von den Privilegien, die Achims Vater genossen hatte, blieb nichts übrig. Der *Wartburg* fuhr zwar noch, aber Ferien an der Ostsee oder der Bulgarischen Schwarzmeerküste, die bisher in jedem Jahr auf den Programm gestanden hatten, vielen nun flach.

Was Achim am meisten verwunderte, auch wenn er in den folgenden Jahren darüber nachdachte, war die Tatsache, dass der Vater ganz schnell seine zuvor vehement vertretenen Überzeugungen wie ein gebrauchtes Hemd abgelegt hatte. Plötzlich war der gesamte Sozialismus schlecht und ein Irrtum der Geschichte und nur der von ihm bisher bekämpfte Kapitalismus sei die Gesellschaftsform, in der man sich frei entfalten könne. Seine Versuche, dies zu tun, schlugen allerdings allesamt fehl. Sein Engagement im Autohandel war ein riesiger Flop und verbrauchte fast die gesamten Ersparnisse der Familie. Nach weiteren erfolglosen Bemühungen, eine neue Karriere zu starten, war der Vater 1995 plötzlich verschwunden. Mit ihm der Rest des ersparten Geldes seiner Eltern, fast 20.000 Mark. Eine Ansichtskarte aus Thailand, abgestempelt in Phuket, war das letzte Lebenszeichen, was Frau und Sohn erhielten. Darauf stand die lakonische Mitteilung, dass er seine große Liebe in Thailand gefunden hätte und für immer wegbleiben würde.

Achims Mutter konnte diesen Schicksalsschlag nie verwinden. Sie wurde zunehmend depressiv und sprach immer mehr dem Alkohol zu. In den ersten Jahren versuchten ihre Eltern, sie aufzufangen, was auch teilweise gelang. Vor allem waren die Großeltern in dieser Zeit für Achim ein sicherer Halt. 1999 starb aber die Oma an Krebs und der Opa erlitt kurz danach einen Schlaganfall, von dem er sich bis zu seinem Tod im Jahre 2001 nicht mehr erholte. Von da ab konnte Achim mit seiner Mutter kaum noch vernünftig reden. Sie war meist betrunken und jammerte über ihr so schweres Los und die ungerechte Welt. Versuche, die der Junge auch mit Hilfe von früheren Freunden der Eltern unternahm, die Mutter in eine ärztliche Behandlung zu bringen, waren bislang sämtlich fehlgeschlagen, auch weil die Kranke sich dagegen stemmte. Zuletzt hatte sie nur noch die Idee, dass Achim nach Thailand fliegen und ihr den Mann zurückbringen solle. So verbrachte Achim die meiste Zeit mit Hubert und war viel bei dessen Eltern in Auma oder bei Huberts Großeltern mütterlicherseits, die auch in Zeulenroda wohnten. Im Winterhalbjahr blieb Hubert während der Woche bei ihnen. Er hatte dort sein eigenes Zimmer und die

Großeltern hatten auch Achim richtig lieb gewonnen.

„Was willst Du denn nun nach dem Abi machen?", versuchte Gabi Achim von seinen Grübeleien abzubringen.

„Ich werde als erstes nach Thailand fliegen und meinen Vater suchen und ihn zur Rede stellen und fragen, wo unser Geld geblieben ist", lautete seine Antwort.

„Das dürfte aus zwei Gründen ziemlich schwierig werden", warf Hubert ein. „Erstens braucht man für einen Flug nach Thailand und einen Aufenthalt dort eine ganze Menge Kohle und zweitens ist das Land ja auch nicht gerade klein. Wie willst du dann deinen Vater finden?"

„Ich muss nach Thailand, das bin ich meiner Mutter schuldig, und das Geld werde ich schon auftreiben, da hab ich schon eine Idee", war Achims Entgegnung. „Und wenn ich erst in Thailand bin, werde ich meinen Alten auch schon irgendwie finden und jetzt möchte ich über dieses Thema nicht mehr reden."

Am Freitag, den 7. Juni gab es in Zeulenroda dann einen Banküberfall.

Am nächsten Tag war dazu in der Zeitung zu lesen:

Banküberfall in Zeulenroda.

Gegen 12:00 Uhr des gestrigen Tages betrat ein maskierter, mit einer Pistole bewaffneter Mann den Schalterraum der Gemeinschaftsbank. Er zwang die Bankangestellten ihm Geld auszuhändigen. Beim Verlassen der Bank wurde er beobachtet. Zeugen sahen, wie er in einem braunen Wartburg durch die Aumaische Strasse wegfuhr.

Die sofort eingeleiteten Fahndungsmaßnahmen der Polizei führten dazu, dass der Täter nach kurzer Zeit festgenommen werden konnte. Es handelt sich um Achim W. aus Zeulenroda. Er sitzt in Untersuchungshaft und sieht seiner gerechten Strafe entgegen.

VII

Sonnabend, 4. Mai 2013, 10:00 Uhr.

Hauptkommissar Günter Schreiber saß in seinem Dienstzimmer am Schreibtisch. Vor ihm lag die Akte vom Banküberfall, der 2002 in Zeulenroda verübt worden war.

Aufmerksam studierte er Seite für Seite und gewann folgendes Bild von dem Banküberfall, von der Fahndung nach dem Täter und seiner Festnahme, sowie von den Verhören und schließlich von der Gerichtsverhandlung und Verurteilung des Achim Weismann:

Am Freitag, den 7. Juni 2002 kurz vor Schalterschluss um 12:00 Uhr betrat ein maskierter junger Mann den Schalterraum der Genossenschaftsbank am Markt. Im Raum befanden sich nur die Kassiererin und der Filialleiter. Der Täter zog sofort eine Pistole und gab zwei Schüsse in die Decke ab. Dann reichte er wortlos der Kassiererin eine Aldi-Einkaufstüte und zielte mit der Pistole abwechselnd auf sie und den Filialleiter.

Die junge Frau an der Kasse gehorchte und füllte den Beutel mit dem Geld aus ihrer Kasse. Dem Räuber reichte dies aber offensichtlich nicht und er bedeutete mit seiner Waffe den Filialleiter, den Schrank hinter der Kasse zu öffnen. Der tat dies und legte auch das dort vorhandene Geld in die Einkaufstüte. Mit dieser verließ dann der Räuber eilig die Bank, um mit einem davor geparkten Pkw zügig wegzufahren.

Dieser Tathergang wurde von beiden Bankangestellten unabhängig voneinander so geschildert und durch die Bilder der Überwachungskamera bestätigt.

Die spätere kriminaltechnische Untersuchung der aus dem Putz der Decke entfernten Projektile ergab, dass es sich bei der Waffe um eine Pistole der Marke Walther PP gehandelt haben musste. Solche Waffen wurden im Dritten Reich von der Wehrmacht und der Polizei verwendet.

Der Filialleiter löste sofort Alarm aus und rannte dann vor die Tür. Er sah noch einen Wartburg in die Aumaische Straße verschwinden und fragte eine junge Frau, die vor der Bank stand, ob sie gesehen hätte, dass dies das Auto sei, mit dem der aus der Bank gekommene Mann weggefahren sei. Die Zeugin bestätigte dies und wurde gebeten, mit in die Bank zu kommen und auf das Eintreffen der Polizei zu warten.

Nach etwa 3 Minuten war er erste Streifenwagen mit zwei Beamten zur Stelle. Nachdem sich diese über die Sachlage informiert hatten, wurde sofort die Fahndung nach dem braunen Wartburg ausgelöst. Leider konnten weder der Filialleiter noch die Zeugin Angaben zum Kennzeichen des Fluchtautos machen.

Im Rahmen der Ringfahndung war auch ein Streifenwagen kurz vor Auma postiert und zwar an der Einmündung der von Zeulenroda kommenden Straße auf die zur Autobahn führende Bundesstraße 2. Dort tauchte 12:28 Uhr ein brauner Wartburg auf und wurde angehalten. Am Steuer saß Achim Weismann, auf dem Rücksitz lag ein Aldi-Einkaufsbeutel mit 16.320 Euro.

Weismann ließ sich ohne Widerstand festnehmen, machte aber keinerlei Aussagen. Er wurde umgehend in das Polizeipräsidium Gera überstellt.

Schon beim ersten Verhör gab Weismann zu, dass er den Banküberfall verübt hatte. Die Recherchen zu seiner Person ergaben folgendes Bild:
Achim Weismann wurde am 24. Oktober 1979 in Zeulenroda geboren. Er besuchte dort die Grundschule und das Gymnasium, wo er wenige Tage vor dem Überfall sein Abitur mit guten Ergebnissen bestanden hatte. Während seiner Schulzeit ist er niemals auffällig geworden. Er wohnte, zuletzt nur noch mit seiner Mutter, in einem Einfamilienhaus in dem nördlichen Siedlungsgebiet *Am Rundteil*. Das Haus gehörte seinen Großeltern, die aber 1999 bzw. 2001 verstarben. Die Mutter war seit längerem arbeitslos und lebte von Sozialhilfe und war offensichtlich alkoholabhängig.
Der Vater, der bis 1989 als 2. Sekretär der SED Kreisleitung eng mit der Staatssicherheit zusammengearbeitet hatte, verließ die Familie 1995. Sein derzeitiger Aufenthaltsort war unbekannt.

Auf Fragen nach dem Motiv für seine Tat gab Weismann an, dass er seinen Vater in Thailand habe suchen wollen. Seine Mutter die nur noch am Jammern sei, wollte er dann nachkommen lassen. Er habe beabsichtigt, gleich nach der Tat zum Flughafen nach Frankfurt zu fahren, um nach Phuket zu fliegen. Von dort kam 1995 eine Ansichtskarte seines Vaters, auf der er mitteilte, in Thailand bleiben zu wollen.

Zu Herkunft und Verbleib der Pistole gab Weismann an, dass sein Großvater ihm einmal einen Platz im Dach der Gartenlaube gezeigt hätte, wo er die Pistole und einige Munition versteckt gehabt hätte. Dort habe er sie am Tag vor dem Überfall geholt. In der Teichleite, einem kleinen Wäldchen am Rande der Siedlung, in der er wohnte, habe er auch dreimal zur Probe geschossen. In der Bank habe er ganz bestimmt keine Personen verletzen wollen, sondern nur zweimal in die Decke geschossen, um seiner Forderung mehr Nachdruck zu verleihen.

Nach der Tat habe er dann auf der Fahrt nach Auma auf der Brücke über die Talsperre kurz gehalten und die Pistole nach links in den Stausee geworfen.

Auf eine Ungereimtheit hatten die Ermittler damals noch ausdrücklich hingewiesen.

Im Auto wurde die Summe von 16.320 Euro gefunden und Weismann hatte behauptet, nach dem Überfall das Auto nur einmal kurz verlassen zu haben, um die Pistole wegzuwerfen.

Die Bank hatte aber einen Verlust von insgesamt 18.320 Euro angegeben. Dieser Widerspruch blieb ungeklärt.

Die Verhandlung gegen Achim Weismann fand am 10. September 2002 vor dem Landgericht in Gera statt. Der Angeklagte war voll geständig. Er führte aus, dass er seine Tat bereue. Er habe aber nur einen Weg gesehen, seiner Mutter helfen, indem er seinen Vater ausfindig machte. Dazu brauchte er Geld, um nach Thailand zu fliegen.

Das Gericht rechnete Weismann diese Motivation sowie sein aktives Mitwirken beim Aufklären seiner Tat durchaus als strafmildernd an. Strafverschärfend musste es aber werten, dass er bei dem Überfall eine Handfeuerwaffe mitgeführt und auch benutzt hatte. Dass Weismann nie die Absicht hatte, jemand zu verletzen, wurde ihm geglaubt.

Achim Weismann wurde zu einer Jugendstrafe von 3 Jahren und 6 Monaten verurteilt, die nicht, wie von seinem Verteidiger beantragt, zur Bewährung ausgesetzt wurde.

Er wurde unmittelbar nach der Verhandlung in die Jugendstrafanstalt Ichtershausen eingeliefert.

Seine Mutter war zur Verhandlung nicht erschienen.

Den Vorschlag seines Verteidigers, gegen das Urteil Berufung einzulegen, lehnte Weismann ab.

Günter Schreiber schloss die Akte, lehnte sich zurück und rief seine Sekretärin, die im Vorzimmer damit beschäftigt war, die Ermittlungsergebnisse des Vortages zu ordnen und in den PC einzugeben.

Steffi Brenner betrat den Raum. Bei ihr handelte es sich um eine junge Frau, die durch ihr gepflegtes Äußeres, ihre Ausstrahlung und ihr Auftreten einen sehr angenehmen Eindruck machte. Steffi Brenner war 26 Jahre alt, 1,66 m groß, hatte rehbraune Augen und trug ihr brünettes Haar zu einem Pferdeschwanz gebunden. Mit einer hellblauen, leicht gemusterten Bluse und hellen Jeans war sie schmuck gekleidet. Eine kleine Halskette mit einem Anhänger und dazu passende Ohrringe standen ihr gut.

Der Hauptkommissar war mit seiner Sekretärin, die schon ein paar Jahre bei der MUK arbeitete, sehr zufrieden. Er schätzte ihre Zuverlässigkeit und Einsatzbereitschaft. Wenn erforderlich, so wie am heutigen Sonnabend, war es für sie selbstverständlich, die üblichen Arbeitszeiten außer Acht zu lassen. An den Dienstberatungen nahm sie oftmals teil und hatte dabei schon manch klugen Gedanken geäußert.

„Steffi, wir haben ein Problem", empfing Günter Schreiber seine Mitarbeiterin.

„Die KTU ist völlig davon überzeugt, dass die Waffe, mit der gestern in Weida geschossen wurde, schon einmal bei einem Banküberfall benutzt wurde, und zwar 2002 in Zeulenroda.

Der Täter, der sich damals sehr naiv angestellt hatte, wurde schnell gefasst und hat angegeben, dass er die von ihm benutzte Pistole in den Stausee bei Zeulenroda geworfen hätte.

Also hat sich entweder Karl Richter geirrt, oder Achim Weismann, so hieß der Bankräuber von damals, hat gelogen. Ich halte das letztere für gegeben."

„Chef, da werde ich gleich einmal versuchen, herauszufinden, wo dieser Weichmann abgeblieben ist", antwortete Frau Brenner.

„Darum wollte ich sie gerade bitten", entgegnete mit einem Schmunzeln der Kommissar. „Aber der Mann heißt Weismann, nicht Weichmann, sie finden aber alle Angaben hier in der Akte."

Die Sekretärin griff nach der Akte und wollte den Raum verlassen, als Günter Schreiber sie zurück hielt: „Ach Steffi, was ich Sie schon immer einmal fragen wollte: Lutz hat mir gesagt, dass er jetzt bei Ihnen eingezogen ist. Wie geht es denn so mit euch beiden?"

„Sehr gut", lachte Steffi. „Ich würde sagen: „Spätere Heirat nicht ausgeschlossen". Dann wurde sie ernst: „Hat die Beziehung zwischen Lutz und mir oder hätte ein Heirat zwischen uns Auswirkungen auf unsere Arbeit? Müsste etwa einer von uns den Arbeitsplatz wechseln?"

„Da machen Sie sich mal keine Sorgen", beruhigte sie ihr Chef. „Arbeitsrechtlich sind Sie mir unterstellt und ich hatte auch niemals das Gefühl, dass die Arbeit unter der Beziehung zwischen euch leiden würde, eher scheint mir das Gegenteil der Fall zu sein. Abwarten müsste man freilich, wie das ist, wenn es zwischen euch beiden einmal Krach gibt. Habt ihr denn niemals Meinungsverschiedenheiten?"

„Doch schon", erklärte Steffi. „Das kann ja gar nicht ausbleiben, wenn zwei erwachsene Menschen miteinander leben. Bei uns gibt es manchmal Probleme mit dem Fernsehprogramm. Lutz möchte ja immer alle Sportsendungen sehen. Wenn Länderspiele oder Weltmeisterschaften sind, ich natürlich auch. Aber sonst möchte ich auch gern einmal einen Film oder eine Ratgeber-Sendung schauen."

„Und wie habt ihr diese Probleme gelöst? Wer ist Herr der Fernbedienung?", wollte Schreiber wissen.

Steffi lachte: „Bisher haben wir in solchen Fällen immer den Fernseher ausgemacht und sind zusammen ins Bett gegangen."

Mit den Worten: „Na, hoffentlich funktioniert dieses Verfahren noch recht lange", entließ der Kommissar seine Sekretärin. Er informierte sie noch, dass die für 14:00 Uhr angesetzte Beratung auf 12:30 Uhr vorgezogen wurde und er die Kollegen schon informiert habe. Er bat sie, für ein paar belegte Brötchen und Kaffee zu sorgen, da man ja wohl nicht zum Mittagessen kommen würde.

Während Günter Schreiber noch dabei war, das weitere Vorgehen zu planen, kam Steffi Brenner aufgeregt zurück: „Ich habe soeben mit der JVA Ichtershausen telefoniert. Achim Weismann hatte am 15. Oktober 2004 Freigang erhalten, weil an diesem Tag seine Mutter, die sich umgebracht hatte, in Zeulenroda beigesetzt wurde. Da er sich während seiner Haftzeit immer vorbildlich verhalten und mehr als die Hälfte seiner Strafe bereits verbüßt hatte, war dies ohne weiteres genehmigt worden. Allerdings ist er von diesem Freigang nicht zurückgekehrt und blieb verschwunden."

„Na, das ist ein Ding", entfuhr es dem Kommissar. „Wir müssen uns schleunigst darum kümmern, wie die Fahndung nach Weismann geführt wurde was dabei herauskam. Sicher haben die Erfurter Kollegen dabei die Führung gehabt, Ichtershausen liegt ja in ihrem Zuständigkeitsbereich. Steffi, würden sie sich bitte darum kümmern, dass wir alle Akten von damals auf den Tisch bekommen?"

Die Sekretärin nickte und ging an die Arbeit.

VIII

Zeulenroda, am 15. Oktober 2004.

Die Trauerfeier für Frau Elvira Weismann war für 13:00 Uhr anberaumt.

Um 12:00 Uhr saßen an einem Tisch im Ratskeller zwei junge Leute. Der eine war Achim Weismann, der andere Hubert Hetzer, der seinen Freund in Ichtershausen mit dem Auto abgeholt hatte. Von Weimar aus, wo er gerade sein Studium begonnen hatte, war dies keine Problem.

Achim Weismann berichtete, dass er von der örtlichen Polizeidienststelle, bei der er sich gleich nach seiner Ankunft pflichtgemäß gemeldet habe, nähere Informationen über den Tod seiner Mutter erhalten hätte. Außerdem habe man ihm ihren Abschiedsbrief übergeben. Am Morgen des 10. Oktober habe die Mieterin, die inzwischen in die erste Etage des Siedlungshauses eingezogen war, seine Mutter erhängt in der Waschküche gefunden. Diese musste bereits am Abend vorher ihrem Leben ein Ende gesetzt haben. In der Wohnung fand die Polizei dann den besagten Abschiedsbrief.

Achim holte ihn hervor und sagte: „Ich habe ihn immer wieder und wieder gelesen und doch nicht verstanden. Willst du hören, was sie geschrieben hat?" Hubert nickte und Achim begann zu vorzulesen:

„*Mein lieber Achim,*

mein Leben hat keinen Sinn mehr. Ich kann so nicht mehr weiterleben und ich will es auch nicht. Wenn ich jetzt gehe, sollst du aber wissen, du hast keine Schuld. Mein Leben hat dein Vater zerstört. Bitte verzeih mir und denke daran, du hast keine Schuld.

Mach etwas aus deinem Leben. Ich liebe dich und sage: Lebe wohl.

Deine Mutter.

Während Achim las, liefen die Tränen über sein Gesicht und Hubert wusste nicht, was er sagen sollte und wie er seinen Freund hätte trösten können. Beide saßen sich stumm gegenüber und hatten das bestellte Mittagessen kaum angerührt.

In diesem Moment ging die Tür auf. Felix Grasfeld stürmte herein und auf die beiden zu. Er umarmte Achim und sprudelte heraus: „Mensch Achim, was machst du bloß für eine Scheiße. Aber zuerst einmal mein Beileid. Ein Glück, dass sie dich raus gelassen haben.

Warum hast du bloß die blöde Bank überfallen. Wir hätten doch das Geld für deine Reise irgendwie zusammen gekriegt."

„Nun halt erstmal die Luft an und setz dich", wurde sein Redefluss von Hubert Hetzer gestoppt.

„Ich bin an allem Schuld", kam es leise von Achim Weismann. „Wenn ich schneller gewesen wäre, würde meine Mutter noch leben."

„Wie das?", fragten die beiden anderen nahezu gleichzeitig.

„Als ich das Geld hatte und zur Autobahn wollte, bin ich noch kurz bei uns um das Rundteil gefahren", erklärte Achim. „Hinten an der Teichleite habe ich angehalten und 2000 Euro in unserer alten Höhle, ihr wisst ja, wo wir die gebuddelt hatten, versteckt. Das hat mich etwa eine Viertelstunde gekostet. Ohne diesen Fehler hätten mich die Bullen nicht geschnappt. Ich wäre nach Thailand gekommen und meine Mutter auch."

„Das ist jetzt absoluter Blödsinn", kam es sehr energisch von Hubert Hetzer. „Dein Fehler war es, die Bank zu überfallen. Alles was du dir sonst zusammengereimt hast, ist reine Spekulation. Es wäre schon ein großer Zufall gewesen, wenn du deinen Vater gefunden hättest. Und dass deine Mutter, so alkoholabhängig – entschuldige, dass ich dies so kurz vor ihrer Trauerfeier sage – und depressiv wie sie war, nach Thailand geflogen wäre, glaubst du wohl selbst nicht. Außerdem schreibt sie ja noch zuletzt, dass du keine Schuld hast. Also rede dir auch keine ein.

Es gibt da einen Abschiedsbrief", erklärte er Felix Grasfeld. Wortlos reichte Achim seinem Freund den Brief und der las ihn.

Schweigend saßen die drei dann beisammen.

„Wir müssen los, die Trauerfeier beginnt bald", forderte Hubert die beiden anderen zum Gehen auf, „Wer hat das Ganze überhaupt organisiert?", wollte er dann wissen.

„Elisabeth und Werner Scheuner, Freunde meiner Eltern von früher, die sich ja bis zuletzt um meine Mutter gekümmert hatten und eine Frau vom Sozialamt", erklärte Achim.

Die Aussegnungshalle war gut gefüllt. Zahlreiche Bekannte und Nachbarn wollten Elvira Weismann die letzte Ehre erweisen.

Vorn stand in der Mitte der blumengeschmückte Sarg. In der ersten Reihe saß Achim. Links von ihm seine beiden Freunde und zu seiner Rechten Elisabeth Scheuner, die er früher Tante Elli genannt hatte.

Pünktlich 13:00 Uhr erklang Musik und danach ergriff der Trauerredner das Wort. Er würdigte die Verstorbene, ging aber auch auf die tragischen Verhältnisse der letzen Jahre ein und meinte, dass weder der Sohn noch die Freunde es trotz aller Bemühungen geschafft hätten, Elvira von ihren Depressionen und Lebensängsten zu befreien.

Dann wandte er sich Achim zu und sagte, dass er seiner Mutter am meisten gerecht würde, wenn er sein eigenes Leben positiv gestalten würde.

Mit dem Largo von Händel war nach knapp 30 Minuten die Trauerfeier beendet. Der Sarg wurde von 4 Männern hinaus getragen zu einem Leichenwagen, der ihn ins Krematorium bringen sollte. Achim, seine Freunde und die Trauergäste gingen hinterher. Am Auto blieb Achim stehen und ließ die Beileidsbekundungen über sich ergehen.

Zum Schluss standen noch die drei Freunde, Gabi Dreier, die Freundin von Hubert, und das Ehepaar Scheuner beisammen.

„Ihr könnt gern noch mit zu uns kommen", lud Elisabeth Scheuner die anderen ein. „Ich koche uns ein Tässchen Kaffee und wir können noch ein bisschen reden."

Achim drückte sie und antwortete: „Danke, Tante Elli, das ist ganz lieb gemeint. Und dafür, dass ihr Euch so gut um meine Mutter gekümmert und hier alles so schön organisiert habt, bin ich euch unendlich dankbar. Aber ich muss und möchte gleich zurück. Wenn ich in anderthalb Jahren alles hinter mir habe, melde ich mich ganz bestimmt bei euch."

Damit verabschiedeten sich Scheuners und gingen zu ihrem Auto.

Gabi Dreier bat aber die drei Jungen noch mit zu ihr zu kommen. Obwohl sie in Potsdam in einer WG lebe, habe sie immer noch ihr Zimmer hier bei ihren Eltern. Die waren auch mit zur Trauerfeier, mussten dann aber gleich wieder zur Arbeit.

Gabis Einladung wurde angenommen und die vier jungen Leute zogen los.

Zuhause angekommen gab Gabi Achim eine Beileidskarte und sagte. „Die ist von Beate, die konnte leider nicht mitkommen. Sie hat sich beim Sport ein Bein gebrochen und liegt im Krankenhaus." Achim bat, seinen Dank auszurichten und wünschte gute Besserung. Dann fragte Gabi: „Wollt ihr Kaffee, Cola oder etwas anders?" Man entschied sich für Cola.

Recht unvermittelt erklärte dann Achim: Ich gehe nicht zurück in den Knast, ich muss sofort nach Thailand und meinen Alten suchen."

Die drei anderen sahen sich fassungslos an, bis Gabi das Wort ergriff: „Das ist doch Quatsch, wie soll das gehen? Die greifen dich doch sofort wieder auf."

„Mein Plan ist folgender:", erläuterte Achim. „Ich hole mir die 2000 Euro aus dem Versteck, Felix gibt mir seinen Pass und Hubert schmeißt mich in Erfurt am Hauptbahnhof aus dem Auto. Mit dem Zug fahre ich nach Frankfurt. Bis die merken, dass ich nicht wiederkomme, sitze ich schon im Flieger. Felix und ich sehen uns ja ähnlich, da dürfte ich mit seinem Pass gut durchkommen."

Die Freunde versuchten vergeblich, ihm diesen Plan auszureden. „Wenn ihr mir nicht helft", erklärte Achim, „mache ich es wie meine Mutter und sage dieser Welt ade."

„Ich habe meinen Pass nicht hier, wandte Felix ein. „Der liegt in Triebes in meinem Zimmer bei den Großeltern."

„Na los, den können wir doch holen", forderte Achim seine Freunde auf. „Wenn dich später jemand fragt, kannst du erklären, ich hätte dir den Pass gestohlen. Und du Hubert, hast mich in Erfurt am Bahnhof aus dem Auto gelassen, weil ich dringend zur Toilette musste. Das klingt ja alles plausibel und man muss euch das glauben. Aber ich denke nicht, dass man euch überhaupt fragt. Also auf, zuerst zur Teichleite und dann nach Triebes."

Die jungen Leute machten sich auf den Weg. Gabi schrieb noch schnell eine Mitteilung an ihre Eltern, dass sie mit Hubert fahren und über das Wochenende bei ihm in Weimar bleiben wolle.

IX

Sonnabend, 4. Mai 2013, 12:30 Uhr.

Im Beratungsraum der MUK Gera hatte Hauptkommissar Günter Schreiber alle seine Mitarbeiter um sich versammelt. Nur Steffi Bremer telefonierte noch mit der JVA Ichtershausen bzw. der Kriminalpolizei in Erfurt. Außerdem waren Frau Dr. Hanna Berschot von der Gerichtsmedizin aus Jena sowie die Staatsanwältin Christine Fuchs anwesend.

Hauptkommissar Karl Richter, der Leiter der KTU, hatte telefonisch mitgeteilt, dass er noch in Weida-Altstadt sei, aber schnellstmöglich kommen würde. Schreiber eröffnete die Beratung, dankte allen, dass sie wieder einmal ihr freies Wochenende opferten, und bat dann, die Ergebnisse der Recherchen vom Vormittag vorzutragen.

Als erstes berichtete Lutz Waski, dass seine Versuche, Lars Schilling noch am Freitagabend zu finden fehlgeschlagen seien. Er habe diesen dann aber heute um 9:00 Uhr in seiner Wohnung angetroffen. Sein Alibi habe glaubhaft geklungen, sei aber natürlich noch nicht überprüft worden. Von der Geldsumme wolle er nichts gewusst haben.

Der nächste, der seinen Bericht abgab, war Lutz Zahn. Er konnte mitteilen, dass Felix Grasfeld am Donnerstag zwar in Bad Elster eingecheckt habe, aber nach Freitag früh 7:00 Uhr von niemandem mehr gesehen wurde. Er war jedenfalls am Freitag nicht nach Bad Elster zurückgekehrt.

„Kann er auch kaum", meldete sich jetzt Susanne Feigel zu Wort. „Lutz Grasfeld ist tot, er ist unser Toter vom Gleis 2."

Alle Anwesenden, außer Günter Schreiber, den Susanne ja gleich informiert hatte, schauten die Kommissarin erstaunt an. Sie schilderte dann, dass sowohl Mutter und Ehefrau von Hubert Hetzer als auch der Prokurist Willi Mergert in dem Toten anhand des Bildes, dass sie ihnen gezeigt hatte, übereinstimmend Felix Grasfeld erkannten hätten. „Wir müssen also wohl davon ausgehen, dass die beiden Todesfälle im Zusammenhang stehen", meinte sie. „Meine Befragungen in Auma", fuhr sie dann fort, „haben auf den ersten Blick allerdings keine brauchbaren Hinweise ergeben. Interessant könnte aber sein, was Kollege First herausgefunden hat." Sie berichtete dann von den monatlichen Zahlungen in Höhe von zweitausend Euro ab Mai 2011 und sagte, dass sie die entsprechende Bankverbindung habe. Mit den Worten; „Frau Fuchs, sie können sicher feststellen lassen, wem diese Konto gehört", übergab sie der Staatsanwältin die entsprechenden Daten. Diese nickte, ergriff ihr Handy und verließ den Raum, um nach kurzer Zeit mit den Worten: „Ich habe das Nötige veranlasst", zurückzukehren.

Danach war Oberkommissar Torsten Becker an der Reihe, der sich ja um den Fall am Bahnhof gekümmert hatte. Er führte aus, dass es nicht gelungen sei, Hinweise auf die Identität des Toten zu finden und dass man bezüglich des genauen Tathergangs auf die Ergebnisse der Gerichtsmedizin angewiesen sei. „Zum Glück", fuhr er fort, „hat uns Susanne ja hier einen beträchtlichen Schritt weiter gebracht. Ich habe dann die beiden Mädchen ausfindig gemacht, die den Toten vom Zug aus gesehen und den Polizeinotruf gewählt hatten. Dort hatte man Namen und Adressen. Von der Mutter der Ines Werner, das ist die eine, die andere heißt Helga Herne, habe ich dann erfahren, dass sie bei der Oma von Ines in Gera übernachtet haben. Ich habe sie aufgesucht und befragt. Aber außer der toten Person ohne Kopf ist ihnen nichts weiter aufgefallen. Ob Personen in Weida-Alstadt eingestiegen sind, konnten sie nicht sagen.

Dann habe ich mir Namen, Adresse und Telefonnummer der Zugschaffnerin besorgt. Sie heißt Ramona Trebel und wohnt in Werdau. Nachdem gestern der Zug in Werdau abgestellt und der übliche Papierkram erledigt war, hatte sie dienstfrei. Ich konnte sie telefonisch erreichen. Sie sagte aus, dass sie von dem Toten auf Gleis 2 erst beim Halt in Weida von der Lokführerin informiert worden war. An Personen, die in Weida-Altstadt zugestiegen waren, konnte sie sich erinnern. Sie meinte, dass es insgesamt 8 Leute waren. Zwei Frauen, sie hielt sie für Mutter und Tochter mit einem Kind, zwei junge Männer, die offensichtlich zusammengehörten, genauso wie die drei jungen Burschen, die noch gerannt kamen und den Zug im letzten Moment erreichten. Sie habe die Fahrkarten kontrolliert, alle haben gültige Fahrausweise besessen. Was die Spurensuche am Gleis und in der Umgebung erbracht hat, kann uns nachher Karl sicher sagen". Damit beendete Torsten Becker seine Ausführungen.

Als nächster berichtete Günter Schreiber, was er über Sebastian Riemer erfahren hatte. Er schloss seine Ausführungen mit der Feststellung, dass er Riemer zwar noch nicht persönlich habe sprechen können. Nach seiner Meinung sei es aber sehr unwahrscheinlich, dass dieser etwas mit dem Banküberfall zu tun habe.

„Und jetzt, haltet euch fest", setzte er seine Rede fort, „gibt es einen ganz neuen Aspekt.

Karl hat festgestellt, dass die Pistole, mit der in Weida auf die Überwachungskamera geschossen wurde, schon einmal bei einem Banküberfall benutzt wurde, nämlich 2002 in Zeulenroda.

Den Täter, es war Achim Weismann, hat man damals schnell gefasst. Ich habe mir inzwischen die Akten von damals angesehen.

Ihr könnt euch dann noch über die Einzelheiten informieren. Aber auf zwei Dinge will ich noch hinweisen. Erstens behauptete Weismann, er habe die Pistole nach der Tat in den Stausee bei Zeulenroda geworfen und zweitens ist er von einem Freigang am 15.10.2004 nicht in die JVA Ichterhausen zurückgekehrt."

Diese Ausführungen führten zu lebhaften Diskussionen zwischen den anwesenden Beamten. Man machte sich gegenseitig darauf aufmerksam, dass zwischen Hubert Hetzer, Felix Grasfeld und Achim Weismann sehr enge Beziehungen bestanden haben. Es war allen klar, dass es zwischen den beiden Weidaer Todesfällen einen unmittelbareren Zusammenhang gab.

Hauptkommissar Schreiber wollte gerade die Beratung fortsetzen und Dr. Berschot bitten, über die Obduktionsbefunde der beiden Toten zu berichten, als Steffi Bremer hereinkam. „Ich habe interessante Neuigkeiten", sprudelte es aus ihr heraus. „Die Kollegen in Erfurt haben mir mitgeteilt, dass Achim Weismann tot ist. Nachdem er am 15. Oktober 2004 nicht von seinem Freigang zurückgekehrt sei, habe man natürlich nach ihm gefahndet. Zunächst allerdings ohne jeglichen Erfolg. Man habe seine Freunde Hubert Hetzer und Felix Grasfeld natürlich befragt, konnte denen aber keinerlei Beteiligung am Verschwinden von Achim Weismann nachweisen. Im Februar 2005 habe man von der deutschen Botschaft in Bangkok dann die Nachricht erhalten, dass Weismann zu den Opfern der Tsunami-Katastrophe vom 26. Dezember 2004 gehöre."

„Damit zerschlägt sich wohl eine hoffnungsvolle Spur", kommentierte ein sichtlich enttäuschter Günter Schreiber.

„Warten Sie einmal ab, was ich über die bisherigen Ergebnisse unserer Untersuchungen zu sagen habe", meldete sich jetzt Frau Dr. Hanna Berschot zu Wort. Sie hatte schon während der Ausführungen von Susanne Feigel und erst recht bei dem, was Steffi Bremer sagte, verständnislos den Kopf geschüttelt. Dann führte sie folgendes aus:
„Auf Hubert Hetzer wurden insgesamt vier Schüsse abgegeben. Drei in den Oberkörper, von denen einer das Herz traf und absolut tödlich war. Ein zweiter Schuss drang unter dem rechten

Schulterblatt ein und im Rücken wieder aus, der dritte Schuss blieb in der Lunge stecken. Dann wurde noch ein aufgesetzter Kopfschuss abgefeuert, der auch den sofortigen Tod zur Folge gehabt hätte. Die im Körper steckenden Projektile wurde der KTU übergeben."

Nach einer kurzen Pause fuhr sie fort und schilderte, dass bei der Person auf Gleis 2 der Tod ganz sicher durch das Überfahren eingetreten sei. Allerdings hätte der Mann auch sonst nicht mehr lange gelebt. Man habe eine sehr schwere Schädelverletzung im hinteren Kopfbereich festgestellt. Diese könne nicht beim Überfahren entstanden sein, sondern sei die Folge eines kräftigen Schlages mit einem metallischen Gegenstand. Diese Verletzung hätte spätestens nach einer Stunde zum Tod geführt. Sie folgerte dann: „Selbsttötung ist somit völlig ausgeschlossen. Es handelt sich um Mord oder Totschlag. Aber jetzt habe ich Überraschendes zu bieten. Wir haben gemeinsam mit der KTU die Fingerabdrücke des Toten ausgewertet und festgestellt: Der Tote ist Achim Weismann!"

Die Verblüffung, die diese Mitteilung auslöste stand allen deutlich ins Gesicht geschrieben.

Als erster fand Günter Schreiber die Sprache wieder: „Wenn diese Aussage stimmt, haben wir es mit einem Banküberfall zu tun, bei dem eine Waffe verwendet wurde, die eigentlich auf dem Grund eines Stausees liegt und bei dem ein Täter beteiligt ist, der seit 2004 tot sein soll. Das ist alles höchst merkwürdig. Ich bin gespannt, was Karl Richter noch zu berichten hat. Und sicher haben Sie", damit wandte er sich an Dr. Berchot, „einen DNA-Abgleich in Erwägung gezogen."

Die nickte und meinte, dass das aber noch dauern könne.

Noch während die Gerichtsmedizinerin sprach, war Hauptkommissar Karl Richter ins Zimmer gekommen. Er begrüßte die Anwesenden mit einer leichten Handbewegung und hörte Frau Dr. Berschot und Günter Schreiber zu. Dann sagte er: „Ich habe mich eben noch mit meinen Kollegen verständigt, die im Institut an der Spurenauswertung arbeiten. Wir können bestätigen, dass die Fingerabdrücken des Toten vom Bahnhof und die von Achim Weismann, die ja auf Grund seines Banküberfalles von 2002 bei uns vorliegen, mit 90% Wahrscheinlichkeit übereinstimmen. Absolute Gewissheit wird sicher die DNA-Analyse bringen. Die DNA von Weismann wurde damals ja auch sichergestellt.

Zu den bei dem Banküberfall verwendeten Waffen kann ich folgendes sagen: Der Schuss auf die Überwachungskamera wurde mit nahezu hundertprozentiger Sicherheit aus der gleichen Walther-PP abgegeben, die auch 2002 in Zeulenroda benutzt worden war. Die vier anderen Projektile haben wir auch sorgfältig untersucht. Sie stammen aus einer Makarow. Solche Pistolen wurden von der Sowjetarmee, anderen Armeen des damaligen Ostblocks und auch von der Polizei der DDR verwendet. Wir haben keine Hinweise darauf gefunden, dass diese Waffe schon einmal bei einem Verbrechen eingesetzt wurde. Die entsprechenden Daten wurden aber über das BKA an Interpol übermittelt. Wir müssen abwarten, ob dort Erkenntnisse zu dieser Pistole vorliegen. Hier habe ich aber wenig Hoffnung auf Erfolg, da man besonders nach dem Abzug der Roten Armee aus Deutschland solche Pistolen relativ leicht erwerben konnte."

Dann ging Kommissar Richter auf die Untersuchungen am Bahnhof Weida-Altstadt ein: „Es kann mit Sicherheit davon ausgegangen werden, dass man Weismann, ich denke wir sollten den Toten jetzt so nennen, vor die erste Achse des letzten Wagons des Güterzuges gelegt hat und dass beim Anfahren dieses Zuges sein Kopf vom Rumpf getrennt wurde. Die Spurenlage am Gleis und an dem Schotterwagon ist eindeutig. Da wir keinerlei Schleifspuren gefunden haben, müssen dabei mindestens zwei Personen den leblosen Körper zum Gleis getragen haben.

Wir haben dann den alten, nicht mehr benutzten Geräteschuppen, der dem Bahnhof gegenüber liegt, untersucht. Hier sind wir fündig geworden. Vor kurzem müssen sich hier drei Personen aufgehalten haben und es muss auch ein Kampf stattgefunden haben. Wir konnten ein etwa 70 cm langes Eisenrohr sicherstellen, an dessen einem Ende Blut und Hautpartikel zu finden waren. Die genauere Untersuchung läuft grade noch, aber ich bin sicher, dass diese von Weismann stammen.

Ich denke, dass er in diesem Schuppen niedergeschlagen und dann zum Gleis transportiert wurde.

Brauchbare Fingerabdrücke konnten wir nicht finden. Eine Menge von Stofffasern, Fußspuren und sonstigen Kleinkram haben wir gesichert. Welche davon zu drei Personen gehören und welche älteren Datums sind, kann zum gegenwärtigen Zeitpunkt noch nicht gesagt werden."

Hauptkommissar Günter Schreiber dankte Karl Richter für den Bericht und sagte weiter:
„Ich denke, die Leute von der KTU haben gute Arbeit geleistet. Wir sind ein ganzes Stück weiter. Meines Erachtens hat sich das Ganze folgendermaßen abgespielt:
Der Banküberfall wurde von Grasfeld alias Weismann und zwei weiteren Personen geplant und durchgeführt. Weismann wusste von der hohen Summe, die bereit lag, und kannte auch den genauen Zeitpunkt. Ich nehme an, er hat vor der Bank in dem Golf gewartet und die beiden anderen haben den Überfall ausgeführt. Einer von ihnen hat gezielt Hetzer erschossen, warum, ist mir noch nicht klar. Dann fuhren die drei zum Schuppen am Bahnhof Weida-Altstadt. Hier kam es zum Streit, vielleicht über die Verteilung der Beute.
Dabei wurde Weismann erschlagen. Ob seine Tötung von Anfang an geplant war oder spontan erfolgte, weiß ich nicht. Die Flucht erfolgte dann wahrscheinlich mit dem Zug. Hier erhält das, was Torsten von der Schaffnerin erfahren hat, besonderes Gewicht. Wenn die Täter mit diesem Zug gefahren sind, war dieser Fluchtweg geplant, denn dann hatten sie Fahrkarten. Sie könnten natürlich auch mit dem Schotterzug oder mit einem späteren Personenzug oder auf andere Weise verschwunden sein. Mein Gefühl sagt mir aber, dass sie unter den 8 Personen zu finden sind, die den Personenzug nach Werdau bestiegen haben, wobei wir die bei-

den Frauen und das Kind wohl ausschließen können.
Was haltet ihr von dieser Version?", wandte sich Schreiber an seine Mitarbeiter.
Eine lebhafte Diskussion setzte ein in deren Ergebnis alle darin übereinstimmten, dass dem von Günter Schreiber beschriebenen Szenario eine sehr hohe Wahrscheinlichkeit zukomme.
„Zwei Dinge passen aber nicht recht ins Bild", meldete sich Susanne Feigel zu Wort: „Ich kann mir nicht vorstellen, dass in Auma niemand gewusst haben will, dass Felix Grasfeld in Wirklichkeit der Achim Weismann ist. Zumindest Hubert Hetzer muss seinen Freund erkannt haben. Zweitens halte ich es für völlig ausgeschlossen, dass Weismann die Tötung seines Freundes wollte."
Hier warf Lutz Waski ein: „Vielleicht wollte Hetzer die wahre Identität von Weismann bekannt machen und musste deshalb sterben."
„Nein, das glaube ich nicht", ergriff jetzt Günter Schreiber wieder das Wort. „Ich denke schon, dass Susanne mit ihren Einwänden recht hat. Ich denke aber auch, dass Weismann niemals mit dem Tod von Hetzer gerechnet hat. Habt ihr euch übrigens einmal gefragt, ob nicht Hubert Hetzer das Ganze selbst inszeniert haben könnte? Na, wie dem auch sei, ich meine, wir haben drei Ansätze, denen wir vorrangig nachgehen sollten.
Torsten sollte sich mit seiner Zugschaffnerin in Verbindung setzen und möglichst viel über die in Weida zugestiegenen Fahrgäste herausfinden. Vielleicht lassen sich Phantombilder anfertigen

oder wir haben einige davon sogar in unserer Kartei. In diesem Zusammenhang sollten wir einen Aufruf über Funk und Fernsehen starten, dass sich möglichst viele Personen melden, die in dem betreffenden Zug waren. Frau Fuchs, könnten Sie das übernehmen?"

Die Staatsanwältin nickte und Schreiber fuhr fort: „Zweitens muss in Auma weiter ermittelt werden. Hier geht es um Grasfeld/Weismann und um die Geschichte mit den regelmäßigen Überweisungen. Ich fürchte, weil Wochenende ist, werden wir den Inhaber des Empfängerkontos so schnell nicht haben, ich halte diese Spur aber für wichtig. Susanne würdest du hier am Ball bleiben?" Hauptkommissarin Susanne Feigel war einverstanden. „Schließlich", redete Schreiber weiter, „wäre alles zusammenzutragen, was über Weismann, seine Flucht und seinen angeblichen Tod bekannt ist. Dies würde ich übernehmen. Gibt es noch Hinweise?"

Lutz Waski meldete sich zu Wort: „Ich denke, wir sollten uns auch mit Felix Grasfeld befassen. Man müsste seine Spur von 2002 an verfolgen. Ich würde das gern übernehmen.

„Das ist eine ausgezeichnete Idee", lobte Schreiber. „Ach", fuhr er fort, da ist noch die Sache mit dem Fluchtauto. Wie ich mich kurz vor unserer Beratung informiert habe, gibt es hier noch keine heiße Spur. Ich könnte mir denken, dass das Auto in der Nähe vom Altstädter Bahnhof in irgendeinem Schuppen oder einer Garage abgestellt wurde. Ich möchte Tom Zahn bitten, mit einigen Kollegen vom Streifendienst hier die Suche zu übernehmen."

Günter Schreiber schaute in die Runde. Da offensichtlich alle einverstanden waren, sagte er: „Wir verfahren also wie besprochen, wobei ihr euch auch etwas Zeit lassen könnt. Nur Torsten sollte die Befragung der Schaffnerin gleich nachher in die Wege leiten und Tom sollte die Suche nach dem Auto auch gleich beginnen. Wir anderen sehen uns, wenn nichts dazwischen kommt, am Montag bei Dienstbeginn. Den Kriminalrat werde ich gleich noch über den Stand unserer Ermittlungen informieren." Damit war die Beratung beendet.
Während sich alle anschickten, den Raum zu verlassen, bat Schreiber seine Kollegin Feigel noch einen Moment zu warten und wandte sich dann an Karl Richter: „Karl, wir sollten unser für heute geplantes Doppelkopftreffen nicht ausfallen lassen, die Frauen freuen sich sicher schon darauf. Ich will mich jetzt gleich noch mit den Akten Weismann befassen und du willst sicher auch noch einmal zu deinen Leuten. Aber so um sechs, halb sieben könnt ihr sicher bei uns sein. Wir müssen ja die Arbeit mal für ein paar Stunden außen vor lassen."
Karl Richter war einverstanden und verließ den Raum.
Dann ging Günter Schreiber zu seiner Stellvertreterin: „Susanne, ich habe dich die ganze Zeit beobachtet, dich bedrückt doch irgendetwas. Gibt es doch noch Probleme mit eurem Haus?"
Susanne Feigel hatte sich zusammen mit ihrer Lebensgefährtin Ursula Kern, diese war ihre ehemaligen Trainerin, ein Einfamilienhaus in wunder-

schöner Lage an der Elster bauen lassen und die beiden waren vor wenigen Wochen dort eingezogen.

„Nein, mit dem Haus ist alles in Ordnung", antwortete Susanne. „Aber der Haussegen hängt bei uns zur Zeit wohl etwas schief. Ich habe gestern Abend natürlich erzählt, dass wir einen Banküberfall mit einem Toten zu bearbeiten haben. Dann habe ich auch, natürlich ohne Namen zu nennen, erwähnt, dass ich mit der Ehefrau des Toten gesprochen habe. Hier habe ich wohl zu sehr betont, dass ich diese sehr sympathisch fand. Ursula hat darauf ziemlich eifersüchtig reagiert. In der letzen Zeit war dies schon öfters der Fall, sie hat wohl Angst, mich zu verlieren. Das ist natürlich völliger Quatsch, aber man hört ja oft, dass Beziehungen genau dann zerbrechen, wenn eine gemeinsame Aufgabe, z.B. ein Hausbau, erledigt ist. Aber keine Sorge, meine Arbeit wird nicht leiden."

„Das habe ich auch nie befürchtet", antwortete Schreiber. „Wenn ich euch irgendwie helfen kann, lass mich dies wissen. Heute solltest du auf jeden Fall zuhause bleiben. Es reicht aus, wenn du morgen wieder nach Auma fährst. Es ist sicher auch gut, wenn die beiden Frauen dort erst einmal etwas zur Ruhe kommen."

Dann verabschiedeten sich die beiden, Susanne Feigel fuhr nach Hause und Günter Schreiber ging in sein Büro.

X

Thailand, Phuket, 26.12 2004, 8:30 Uhr.

Im Green-Beach-Hotel des bekannten Urlaubs-
ortes Ban Kamala saßen die beiden Freunde Felix
Grasfeld und Achim Weismann gemeinsam beim
Frühstück.

Grasfeld hatte eine zweiwöchige Pauschalreise
nach Thailand gebucht und war am Morgen des
1. Weihnachtsfeiertages mit einem Airbus A-380
der Lufthansa in Phuket gelandet. Im Green-
Beach war für ihn ein Einzelzimmer reserviert.
Achim Weismann hatte seinen Freund am Flugplatz abgeholt und die beiden hatten den ganzen Tag miteinander verbracht, weil es sehr viel
zu erzählen gab.
Felix berichtete, dass er mit dem Studium in
Halle, wo er im ersten Semester Chemie studierte, ganz gut zurecht käme. Er erzählte dann
viele Einzelheiten vom Studienbetrieb, von
Kommilitonen und vom Leben in Halle. Als sehr
schwierig habe sich die Suche nach einer Bleibe
gestaltet. In den ersten Wochen habe er bei
einem Kumpel gewohnt, was aber nicht von
Dauer hätte sein können. So sei er sehr glücklich
gewesen, als er ein kleines möbliertes Zimmer in
der Nähe vom Steintor gefunden habe. Dort sei
er am 1. Dezember eingezogen. Mit einem neuen
Pass habe es auch keine Schwierigkeiten gegeben. Nachdem er noch im Oktober den Verlust

seines alten gemeldet hatte, habe man ihm Ende November den neuen ausgehändigt.

Dann starb aber am 8. Dezember auch seine Oma. Dass der Opa von Felix nach längerer Krankheit im September gestorben war, hatte Achim ja bei der Trauerfeier für seine Mutter am 15. Oktober erfahren.

Felix meinte, dass er sich im Dezember mehr in Triebes als in Halle aufgehalten habe. Nun lägen aber alle mit dem Tod der Oma verbundenen Formalitäten und die Trauerfeier hinter ihm. Ihre Wohnung habe er auch aufgelöst und sogar gleich einen Nachmieter gefunden, der diese ab den 1. Januar übernimmt. Nun brauche er aber dringend ein paar Tage Erholung.

Interessant war natürlich, was Achim Weismann zu berichten hatte.

Seine Flucht am 15. Oktober war planmäßig verlaufen. Mit dem Geld, was er aus seinem Versteck geholt hatte, und mit dem Pass von Felix hatte er sich in Erfurt am Hauptbahnhof von Hubert Hetzer verabschiedet. Mit dem Zug war er schnell in Frankfurt und am Flughafen hatte er noch einen Platz im Flieger nach Phuket ergattert, der 23:55 Uhr startete. Bei der Passkontrolle ging alles glatt, er war problemlos als Felix Grasfeld durchgegangen.

In Phuket hat er dann als erstes die Vertretung des Reiseveranstalters TUI aufgesucht, weil er hoffte, dort jemand zu finden, der deutsch sprach und ihm weiterhelfen könnte. Seine Hoffnung wurde nicht enttäuscht. Zunächst konnte er sich mit seinem richtigen Pass, den er vor seiner Festnahme in der Wohnung gelassen und zusammen mit dem Stammbuch der Familie und einem recht guten Bild seines Vaters mitgenommen hatte, ausweisen. Dann schilderte er sein Problem. Die junge TUI-Mitarbeiterin, eine Thai, die aber auch wegen eines längeren Aufenthaltes in Hannover und Berlin sehr gut deutsch sprach, hörte aufmerksam zu. Achim Weismann erzählte von seiner kranken Mutter und deren Tod und vom Verschwinden des Vaters im Mai 1995. Er zeigte dann die Ansichtskarte, die seine Mutter und er als letztes Lebenszeichen von seinem Vater erhalten hatten. Die Karte war am 10. Juni 1995 in Phuket abgestempelt worden. Dass Achim nun auf der Suche nach seinem Vater war, stieß bei Sua Prem, so hieß die junge Frau, die sich Achims Geschichte ohne Zwischenfragen angehört hatte, auf volles Verständnis. Sie erklärte sich bereit, ihm nach Kräften zu helfen, seinem Vater zu finden. Dabei gab sie aber zu bedenken, dass sie während ihres Dienstes nur wenig dafür tun könne, aber gern in ihrer Freizeit mit Achim auf Suche gehen wolle. Es würde aber gewiss nicht leicht werden nach fast zehn Jahren den Gesuchten zu finden.

Dann dachte Sua Prem, die aber meist nur mit ihrem Spitznamen Nok gerufen wurde, an das

Nächstliegende und fragte Achim, ob er denn schon ein Quartier hätte. Dieser musste natürlich verneinen und er erklärte, dass er über etwa eintausendzweihundert Euro verfüge, sich davon aber auch noch Kleidung kaufen müsse.

Sua Prem hatte ihn dann zum Kamala-Beach-Resort, einem Vertragshotel von TUI geschickt. Er solle dort am Pool bleiben und sich nach seinem langen Flug ausruhen. Etwas zu Essen und Trinken würde man ihm auch geben. Sie hatte dann mit dem Hotel telefoniert und Achim angekündigt. Ein Zimmer könne er dort allerdings nicht bekommen, aber sie werde ihm am späten Nachmittag, wenn ihre Arbeit beendet sei, dort abholen und dann gäbe es mit Sicherheit auch ein Quartier für ihn. Sie wollte auch mit ihrem Chef reden, ob dieser einen Job für Achim hätte.

Als dieser im Hotel ankam und sich bei der Rezeption meldete, wusste man schon Bescheid. Eine junge Mitarbeiterin reichte ihm ein Glas Mangosaft und begrüßte ihn herzlich mit: „Willkommen in Thailand". Anschließend führte sie ihn in den Garten, wo eine Poollandschaft den Übergang zu einem wunderschönen Strand bildete. Achim hatte es sich auf einer Liege unter einer Palme gerade bequem gemacht und war am Einschlafen, als die junge Frau mit einem kleinen Imbiss und einer Flasche Wasser zurückkam. Dann war er fest eingeschlafen und wurde erst gegen Abend von Sua Prem geweckt. Diese hatte ihn dann mit zu ihren Eltern, bei denen sie noch wohnte, genommen und vorgestellt. Nachdem diese die Geschichte von Achims Suche nach seinem Vater vernommen und dessen Bild ausgiebig betrachtet hatten, war es eine Selbstverständlichkeit, dass Achim erst einmal bei ihnen bleiben konnte. Nok's Bruder war für ein paar Tage unterwegs und Achim konnte vorerst in dessen Zimmer schlafen. Als er seine Glücksfee, wie er Sua im Stillen nannte, fragte, warum alle sie nur Nok und nicht mit ihrem richtigen Namen anreden würden, lachte diese. Sie erklärte, dass das Verwenden von Spitznamen allgemein üblich sei und ihrer laute nun einmal Nok, was auf Deutsch Hühnchen heiße. Da hatten alle gelacht.

Von der Gastfreundschaft und Hilfsbereitschaft der Thailänder war Achim ganz stark beeindruckt. Dieser Eindruck hatte sich in den folgenden Tagen und Wochen noch verstärkt, als sich Menschen, für die er absolut ein Fremder war, sich seines Anliegens annahmen und versuchten, ihm zu helfen wo es nur ging.

Am nächsten Morgen hatte Nok ihn mit ihrem Tuk-Tuk mit ins Büro genommen und ihrem Chef vorgestellt. Dieser, ein Deutscher, war von Nok am Vortag über Achims Problem informiert worden. Er bot ihm an, für TUI bestimmte Aufträge zu übernehmen. Meist waren Urlauber vom Flugplatz abzuholen und zu den verschiedenen Hotels zu bringen oder umgekehrt auch von den Hotels abzuholen und zum Flugplatz zu bringen.

Da die eingesetzten Busfahrer nur wenig oder überhaupt nicht Deutsch konnten und die TUI-Repräsentantin meist am Flughafen bleiben musste, war dies eine wichtige Aufgabe. Einen regulären Arbeitsvertrag konnte man aber Achim nicht anbieten. Aber freie Kost und Logis und ein Taschengeld wurde ihm zugesichert. Achim war dieses Angebot hochwillkommen, zumal es ihm auch noch Zeit ließ, nach seinem Vater zu suchen. Nok's Chef hatte auch versprochen, sich an der Suche nach einem 1995 eingereisten Arno Weismann zu beteiligen. Gleichzeitig hatte er aber auch darauf aufmerksam gemacht, dass die Suche sehr schwierig werden würde. Thailand habe mit fast 70 Millionen beinah soviel Einwohner wie Deutschland und die Zahl der Touristen, die jährlich ins Land gekommen sind, sei auch beträchtlich. Nok's Chef wollte aber seine guten Beziehungen zu den Fluggesellschaften, den Behörden und den Hotels nutzen, um eine Spur von Achims Vater zu finden.

Achim und Nok klapperten in den folgenden Tagen auch Hotel für Hotel in Phuket und Umgebung ab, fragten nach Arno Weismann und zeigten sein Bild – alles ohne Ergebnis.

In der letzten Oktoberwoche war Achim auch bei der deutschen Botschaft in Bangkok vorstellig geworden, in der Hoffnung, dass man noch nicht nach ihm suchen würde. Diese Hoffnung erfüllte sich, aber der junge Botschaftsangehörige, der sich sein Anliegen angehört hatte, konnte auch nicht helfen. Er versprach, weiter zu recherchieren und ließ sich Achims Anschrift in Phuket geben.

Nok's Angehörige und deren Freunde beteiligten sich ebenfalls an der Suche. Achim hatte das Bild seines Vaters vervielfältigen lassen und an alle verteilt. Aber die Tage vergingen einer nach dem anderen, ohne dass man eine Spur von Arno Weismann fand. Am 5. Dezember schließlich kam ein entfernter Verwandter von Nok aus Si Chon, einer Stadt am Golf, zu Besuch. Dieser meinte eine Frau zu kennen, die mit einem Deutschen zusammenlebe, der dem auf dem Bild ziemlich ähnlich wäre. Die Adresse dieser Frau konnte er den beiden jungen Leuten mitteilen. Die beiden waren sich während der gemeinsamen Such-aktionen immer näher gekommen und Achim hatte sich in Nok regelrecht verliebt.

Nok oder Sua, wie sie richtig hieß, war aber auch eine attraktive junge Frau. Sie war ein Jahr älter als Achim, 1,65 m groß und sehr schlank. Ihr langes, glänzend schwarzes Haar trug sie nur selten offen, aber ihre dunklen Augen strahlten immerzu große Freundlichkeit aus. Auch sie hatte an Achim großen Gefallen gefunden.

Am 6. Dezember, es war ein Montag, fuhren beide erwartungsvoll nach Si Chon. Nok's Chef hatte den beiden gern frei gegeben und ihnen sogar ein Auto zur Verfügung gestellt.

Als sie dann bei der angegebenen Adresse vor der Tür standen und geklopft hatten, war eine Frau herausgekommen, Nok hatte sie auf Anfang 40 geschätzt, und hat Achim eingehend gemustert. „Du musst Achim Weismann sein", hatte sie dann gesagt und die beiden ins Haus gebeten.

Dort erfuhren sie dann, dass Arno Weismann tatsächlich ab 1995 hier gelebt hatte. „Ich glaube, er war relativ glücklich", meinte die Thailänderin. „Von Deutschland hat er nur sehr wenig gesprochen aber du", sie sah Achim an, „siehst ihm sehr ähnlich. Dein Vater ist aber tot."

Dann erfuhr Achim, dass sein Vater eine Blinddarmentzündung hatte. Er war zwar noch ins Krankenhaus gekommen und operiert worden, aber zu spät. Er war dann am 23. November 2003 verstorben. Die Frau, mit der Arno Weismann seine letzten Jahre verbracht hatte, führte die jungen Leute dann zu dessen Grab und ließ sie allein. Die Einladung, sie dann noch zu besuchen, schlug Achim aus. Mit der Frau, die seiner Mutter den Mann und ihm den Vater genommen hatte, wollte er nichts zu tun haben. Verzweifelt stand er vor dem Grab seines Vaters, den er geliebt und gehasst hatte und von dem er nun nicht mehr die gewünschte Rechenschaft einfordern konnte. Das, was ihn die ganze Zeit angetrieben und seinem Leben ein Ziel gegeben hatte, war im wahrsten Sinne begraben.

Schließlich war es Nok, die ihn aus seinen trüben Gedanken gerissen hatte. Sie hatte ihn zärtlich in die Arme genommen und innig geküsst. An diesem Abend hatten beide zum ersten Mal miteinander geschlafen. Für Achim war es wie ein Wunder und auch Nok war sehr glücklich.

Später waren die beiden auch noch einmal nach Si Chon gefahren und hatten sich über die letzten Lebensjahre von Achims Vater berichten lassen.

In der folgenden Zeit hatten die beiden Zukunftspläne geschmiedet und Achim hatte erzählt, dass und warum er in Deutschland gesucht würde. Allerdings wollte er gern nach Deutschland zurück und Nok wollte gern mit. Felix Grasfeld, dessen Besuch inzwischen angekündigt worden war, wollten sie bitten, in Deutschland zu ermitteln, was mit Achim passieren würde, wenn er zurück käme und sich stellte. Ob es vielleicht möglich würde, seine Reststrafe zur Bewährung auszusetzen. Der Ausbruch für sich allein sei ja kein Straftatbestand. Dies hatten sie von dem jungen Mann aus der Botschaft erfahren. Er hatte am 24.12. angerufen und Achim mitgeteilt, dass ein Fahndungsersuchen nach ihm bei der Botschaft eingegangen sei. Er riet Achim, sich in Deutschland zu stellen, machte ihn aber auch darauf aufmerksam, dass kein Auslieferungsabkommen existiere.

Zurück zum Frühstücksraum des Green-Beach-Hotels.

Felix Grasfeld hatte sich soeben noch etwas Obst vom Frühstücksbuffet geholt, als eine junge Frau zu dem Tisch der beiden Freunde kam. Mit den Worten: „Guten Morgen, ich bin Nok und sie müssen Felix sein", ging sie auf diesen zu und umarmte ihn. Nach „Guten Morgen, Schatz", küsste sie Achim zärtlich.

„Achim hat mir viel von euch und eurer gemeinsamen Suche nach seinem Vater erzählt", sagte Felix. „Er meinte, dass er seinen Vater nun endgültig verloren aber seine ganz große Liebe gefunden habe." Die beiden Verliebten sahen sich glücklich in die Augen und lachten.

„Möchtest Du noch mit uns frühstücken, oder wollen wir gleich zum Strand?", fragte Achim seine Freundin.

Man entschied sich, gleich zum Strand zu gehen. Dort suchten sich die jungen Leute drei Liegen unter einem Sonnenschirm und alberten herum. Es war kurz vor 10:00 Uhr und sie wollten gerade gemeinsam ins Wasser gehen, als sie feststellten, dass sich dieses ganz weit zurückgezogen hatte.

„Schnell weg", rief Nok ganz aufgeregt. „Das gibt einen Tsunami!"

Die Jungen sahen sich an. „Das Wort habe ich noch nie gehört", rief Felix. „Was soll schon passieren, wenn eine Welle kommt."

„Los wir müssen laufen", rief Nok und rannte los, die Jungs hinterher. Aber das Wasser war schneller. Plötzlich war alles unter Wasser, Lie-

gestühle, Tische, Treibholz, Sonnenschirme –
alles wirbelte umher. Verzweifelt riefen Menschen um Hilfe. Dann war einem Moment Ruhe
bevor eine neue, noch stärkere Welle das voll-
kommene Chaos verursachte.

Achim war es gelungen, vor der zweiten Welle in
das Hotel zu kommen. Der Speisesaal stand
schon unter Wasser und immer neue Fluten bra-
chen herein. Ihm gelang es, in den zweiten Stock
in das Zimmer von Felix zu kommen. Vom Balkon
aus sah er das Inferno. Strand und Poollandschaft waren völlig verwüstet. Überall lagen
Trümmer, ein Fischerboot hatte es quer vor die
Eingangstür getrieben. Dazwischen liefen, kro-
chen oder lagen Menschen, die laut um Hilfe riefen, leise vor sich hin wimmerten oder teil-
nahmslos ins Leere starrten.

Das Wasser war dann genauso schnell wieder
weg, wie es gekommen war. Von überall kamen
Leute, die helfen wollten und die ihre Angehörigen suchten. Achim rannte hinunter und machte
sich auf die Suche nach Nok und Felix. Nach langem Suchen fand er beide. Sie hatten sich an
den Händen gehalten als ihnen ein schwerer
Balken auf den Kopf gefallen war. Mit Mühe zog
sie Achim aus den Trümmern, aber helfen
konnte er nicht mehr, beide waren tot.

Wie er die folgenden Stunden verbracht hatte,
vermochte Achim auch später nicht zu sagen.

Er wachte am nächsten Morgen im Zimmer von
Felix auf und half dann den ganzen Tag bei den

Aufräumungsarbeiten. Die beiden Toten identifizierte er bei den Behörden als Sua Prem und Achim Weismann.

Am übernächsten Tag flog er als Felix Grasfeld nach Deutschland zurück.

XI

Sonnabend, 4. Mai 2013, 20:08 Uhr.

Im Wohnzimmer der Familie Schreiber saßen Günter Schreiber und Karl Richter mit ihren Frauen gemütlich um einen runden Tisch. Richters waren gegen 19:00 Uhr gekommen und zur Begrüßung wurde – wie es eigentlich schon Tradition war – mit einem Gläschen Rotkäppchensekt angestoßen. Die beiden Kriminalisten hatten ihren Frauen nur kurz mitgeteilt, dass sie an der Aufklärung eines Banküberfalles, bei dem es zwei Tote gegeben hatte, arbeiteten. Dann wurde – auch das war seit langem so – nicht mehr über die Arbeit gesprochen. Die beiden Frauen hatten es sich längst abgewöhnt, ihren Männern neugierige Fragen in Bezug auf laufende Ermittlungen zu stellen.

Man plauderte über Alltägliches und war mit dem Doppelkopfspiel befasst, dessen Gewinne in ein Sparschwein kamen, was dann immer anlässlich eines gemeinsamen Ausfluges *geschlachtet* wurde. Günter Schreiber war gerade dabei, die Karten für ein neues Spiel auszuteilen, als das Telefon klingelte.

Es meldete sich der Diensthabende vom Präsidium: „Guten Abend, Herr Hauptkommissar. Ich bitte die Störung zu entschuldigen, aber bei mir ist eine junge Frau, die wichtige Aussagen zu dem Toten vom Weidaer Bahnhof machen will. Sie behauptet, der Tote sei nicht Felix Grasfeld und möchte unbedingt mit Ihnen oder Frau Feigel sprechen."

„Gut, ich komme", antwortete Schreiber. „Führen Sie die junge Frau in den Vorraum meines Büros

111

und bieten sie ihr etwas zu Trinken an. Ich versuche Kommissarin Feigel zu erreichen, wir sind gleich da."

Günter informierte die Spielrunde über den Inhalt des Gesprächs und wählte die Nummer von Susanne Feigel.

Susanne saß mit ihrer Lebensgefährtin gemütlich im Wohnzimmer bei einem Glas Rotwein. Die beiden Frauen hatten sich ausgesprochen und die Missstimmung zwischen ihnen war beseitigt. Eben hatten sie das Violinkonzert von Beethoven in der Aufnahme mit Anne-Sophie Mutter und den Berliner Philharmonikern unter Karajan gehört. Sie waren gerade dabei, sich das gleiche Konzert in der Aufnahme mit Nigel Kennedy und dem Sinfonieorchester des NDR unter Tennstedt anzuhören, wobei sie gespannt waren, welche Unterschiede insbesondere beim Übergang vom 2. zum 3. Satz zu hören sein würden. Da riss sie das Klingeln des Telefons aus ihrer Stimmung.

Günter Schreiber berichtete kurz von dem soeben bei ihm eingegangenen Anruf und meinte: „Susanne, ich fände es sehr gut, wenn du bei dem Gespräch mit der jungen Frau dabei sein könntest. Vielleicht ist es für sie leichter, wenn noch eine Frau dabei ist. Wenn du einverstanden bist, hole ich dich in 10 Minuten ab." Susanne bejahte und zog sich an.

Im Präsidium trafen sie auf eine junge Frau, Susanne schätzte sie auf Anfang 30. Sie war etwa 1,70 groß und wirkte mit ihren kurzen brünetten Haaren, ebenmäßigen Gesichtszügen und geschmackvollem Outfit ausgesprochen hübsch. Allerdings machte sie einen sehr traurigen Eindruck und man sah ihr an, dass sie heftig geweint haben musste.

Günter Schreiber stellte sich und seine Stellvertreterin vor und bat die Besucherin in sein Arbeitszimmer. Bevor er eine Frage stellen konnte, brach es aus der jungen Frau heraus: „Ich bin Gabi Dreier und kenne Hubert Hetzer seit unserer gemeinsamen Schulzeit auf dem Gymnasium in Zeulenroda. Mit Hubert war ich für heute Mittag verabredet. Als er um 19:00 Uhr immer noch nicht da war und sich auch nicht gemeldet hatte, habe ich es nicht mehr ausgehalten und seine Mutter, die mich von früher kennt, angerufen. Dabei habe ich erfahren, dass Hubert umgebracht wurde und dass auch sein Freund tot ist. Martha, ich bin mit Huberts Mutter per du, schilderte mir dann, was sie von der ganzen Geschichte wusste. Sie sagte auch, dass sie beide", dabei sah sie die Kommissare an, „die Ermittlungen leiten." Schreiber nickte und fragte Frau Dreier, ob er ihr etwas anbieten könne. „Ich habe schon ein Glas Wasser getrunken, es wäre aber gut", wenn ich noch eines bekommen könnte. Sie wartete, bis Schreiber das Gewünschte geholt hatte und fuhr dann fort: „Ich weiß nicht recht, wo ich beginnen soll, aber ich glaube, ich kann ihnen viel erzählen, was vielleicht hilft, den Mörder zu fassen. Aber als erstes: Der Tote vom Bahnhof ist nicht Felix Grasfeld, sondern Achim Weismann. Nur Hubert und ich haben dies gewusst. Aber am besten fange ich ganz von vorn an."

113

Dann berichtete sie von der Schulzeit in Zeulenroda und dass die drei Jungen Hubert Hetzer, Felix
Grasfeld und Achim Weismann ganz enge Freunde
waren und allgemein *Das Kleeblatt* genannt wurden. Sie selbst und ihre Freundin Beate hätten auch
dazugehört. Dass aus Hubert und ihr dann ein Paar
wurde, habe die Beziehungen in keiner Weise
gestört.

„2002 haben wir dann alle", setzte sie ihre Rede
fort, „das Abi recht ordentlich bestanden.
Beate und ich haben noch 2002 unser Studium in
Potsdam begonnen. Wir wollten Lehrerinnen
werden und sind es auch geworden. Mit Hubert,
der nach seinem Grundwehrdienst in Weimar studiert hatte, habe ich zu dieser Zeit noch Pläne für
eine gemeinsame Zukunft geschmiedet. Felix hat
nach seinem Zivildienst ein Chemiestudium in
Halle begonnen. Achim hatte allerdings nur ein
Ziel. Er wollte so schnell wie möglich nach Thailand, um seinen Vater zu finden. Der war nämlich
1995 dorthin verschwunden und hatte Frau und
Sohn einfach sitzen lassen. Achims Mutter ist
dabei vor die Hunde gegangen. Entschuldigen Sie,
aber ich kann das nicht anders ausdrücken. Um
sich Geld für seine Reise zu besorgen, hat Achim
eine Bank überfallen. Er wurde gefasst, verurteilt
und eingesperrt. Ich habe ihn bei der Trauerfeier
für seine Mutter im Oktober 2004 wieder gesehen.
Seine Mutter hatte sich das Leben genommen und
Achim hatte Freigang erhalten." Dann erzählte sie
von der Trauerfeier und von Achims Absicht, sich
nach Thailand abzusetzen. Es sei ihnen unmöglich
gewesen, ihn von diesem Plan abzubringen. Hubert

wollte Achim eigentlich zurück nach Ichterhausen bringen, wo dieser seine restliche Strafe verbüßen musste. „Aber", redete sie weiter, „wir sind zunächst zu einem Versteck im Wald gefahren, dass die Jungens noch aus ihrer Indianerzeit, wie sie ihre Jahre zwischen 12 und 16 immer bezeichneten, kannten. Dort hatte Achim nach dem Überfall 2000 Euro und vielleicht auch die Pistole deponiert. Hubert und Achim holten das Geld, Felix und ich haben im Auto gewartet. Dann fuhren wir nach Triebes, wo Felix bei seiner Oma, sein Opa war vor kurzem gestorben, noch ein Zimmer hatte. Er gab Achim seinen Pass, die beiden sahen sich ziemlich ähnlich. Hubert, Achim und ich sind dann Richtung Erfurt gefahren. Wir wollte Achim noch immer überreden, nach Ichtershausen zurückzukehren.

Am Bahnhof in Erfurt hat er sich aber von uns verabschiedet, er ließ sich nicht aufhalten. Vielleicht haben wir uns damals der Fluchthilfe schuldig gemacht, aber Achim hat gedroht, sich wie seine Mutter umzubringen, wenn wir ihn nicht gehen lassen würden. Wahrscheinlich wäre alles anders gekommen, wenn wir damals anders gehandelt hätten."

Dabei schlug Gabi Dreier die Hände vor ihr Gesicht und Tränen rannen über die Wangen.

Susanne Feigel strich der jungen Frau behutsam über den Kopf und sagte: „Niemand von uns macht Ihnen einen Vorwurf. Übrigens haben wir bereits gewusst, dass der Tote in Weida nicht Felix Grasfeld sondern Achim Weismann ist. Seine Fingerabdrücke und eine DNA-Analyse haben uns dies verraten. Aber sie können uns doch sicher sagen, wie er von Thailand als Felix Grasfeld nach Weida gekommen ist. Am besten, Sie erzählen der Reihe nach weiter, was sich nach der Flucht von Achim Weismann zugetragen hat."

Gabi Dreier berichtete dann, dass Achim Weismann schon zwei Tage nach seiner Flucht eine E-Mail an Hubert geschickt und mitgeteilt hatte, dass er gut in Phuket gelandet sei und die Suche nach seinem Vater gestartet habe. Hubert habe natürlich sie und Felix sofort informiert. Mit Hubert habe sie ja damals noch sowieso jeden Tag telefoniert und die beiden Freunde hätten auch engen Kontakt gehalten. Felix sei dann Weihnachten 2004 nach Thailand geflogen und habe sich mit Achim getroffen. „Dann gab es ja am 26.12. den schrecklichen Tsunami", redete Gabi Dreier weiter. „Wir haben uns sehr große Sorgen um unsere beiden Freunde gemacht und konnten viele Tage nichts über ihr Schicksal erfahren. Über das Reisebüro, bei dem Felix seinen Thailand-Urlaub gebucht hatte, erfuhren wir dann, dass er das Unglück überlebt hatte und am 5. Januar mit einer Chartermaschine in Erfurt ankommen würde. Hubert und ich waren selbstverständlich pünktlich am Flughafen und sahen, wie die Passagiere nacheinander durch die Tür von der Zollabfertigung in die Ankunftshalle kamen. Fast alle wurden abgeholt und man sah ihnen an, dass sie Schweres erlebt haben mussten und glücklich waren, wieder zuhause zu sein. Als einer der letzten kam unser Freund. Wir stürzten auf ihn zu und Hubert rief: „Mensch Achim, gut dass du hier bist. Aber wir wollten Felix abholen,

ist der auch mit?" Die Antwort die dann kam, werde ich nie vergessen:
„Ich bin jetzt Felix, Achim gibt es nicht mehr!"
Hubert und ich waren völlig perplex. Achim drängte:„Das ist eine lange und tragische Geschichte. Lasst uns schnell wegfahren, ich erzähle euch alles dann." Wir waren dann relativ rasch in Huberts Weimarer Studentenbude und dort hörten wir Achims Bericht."
Aus dem Mund von Gabi Dreier erfuhren jetzt die Kommissare, was sich in Thailand zugetragen hatte. Achim hatte nach längerer Suche das Grab seines Vaters ausfindig gemacht und Auskunft über dessen letzte Jahre erhalten. Dabei hatte Achim mit Sua Prem, die er Nok genannt hatte, sein ganz große Liebe gefunden und am Morgen des 2. Weihnachtsfeiertages für immer verloren. Er sagte immer wieder, dass er das Bild, wie seine Nok und Felix nebeneinander unter dem Balken mit zerschmetterten Köpfen lagen, nicht loswerde. Jede Nacht sehe er die beiden so liegen.
Eigentlich habe er auch nicht mehr leben wollen und er wisse auch nicht, ob und wie er das noch könne. Wenn, dann nur in Deutschland. Da er aber nicht wieder in den Knast wolle, sei er jetzt eben Felix Grasfeld. Er habe den entsprechenden Pass und auch die Schlüssel für seine nunmehrige Wohnung in Halle. Dort befänden sich auch alle Unterlagen von Felix, die er brauche.
„Um es kurz zumachen", fuhr Gabi Dreier fort, „wir konnten unseren Freund nicht von seinem Plan abbringen. Über den Reiseveranstalter konnte Hubert aber erreichen, dass Achim – natürlich als

117

Felix Grasfeld – in psychiatrische Behandlung kam. Er war dann mehrere Monate zur Reha in Bad Lauchstedt. Dann bezog er die Wohnung in Halle, hat das Chemiestudium aber aufgegeben und als Praktikant oder Laborgehilfe, so genau weiß ich das nicht, in den Leunawerken angefangen. Im Sommer 2005 kam es dann zwischen Hubert und mir zu einer Krise. Ob es an der Entfernung zwischen Weimar und Potsdam lag, oder ob wir uns zu sicher gewesen waren? Ich weiß es nicht. Jedenfalls war von gemeinsamer Zukunft keine Rede mehr. Wir hielten zwar noch Kontakt, mehr aber auch nicht. Daher weiß ich auch nicht genau, wie es mit Achim weiterging. Bis ich dann 2007 von dem schrecklichen Unfall erfuhr, der ihn beinah das Leben gekostet hätte. In seinem Labor kam es zu einer Explosion, bei der giftige Dämpfe austraten. Achim trug schwere Schäden an der Lunge davon und lag lange auf der Intensivstation und dann noch länger im Krankenhaus. Dann versagten beide Nieren und er wurde Dialysepatient. 2009 konnte er dann glücklicherweise eine Spenderniere erhalten, war aber nur sehr bedingt arbeitsfähig. Die Unfallrente, die er erhielt, war recht gering. Im Herbst 2009 hatte ihn dann Hubert bei sich als Fahrer eingestellt.
Ich hatte 2007 mein Studium als Lehrerin für Mathematik und Physik abgeschlossen und als Referendarin am Gymnasium in Pößneck begonnen. Dort hat man mich dann auch übernommen. Eigentlich hätte ich auch recht zufrieden sein können, die Arbeit, das Unterrichten, machte mir großen Spaß und in der Schützengasse 2 hatte ich

auch eine kleine Einraumwohnung gefunden. Ab und zu besuchte ich auch meine Eltern, die in Zeulenroda lebten. Aber in meinem Privatleben war ich nicht recht glücklich. Nach der Trennung von Hubert hatte ich zwar für kurze Zeit einen Kommilitonen als Freund, aber das war auch nicht das Richtige. Irgendwie hing ich immer noch an Hubert. Wir hielten auch noch lockeren Kontakt über SMS und Internet. So wusste ich, dass Hubert 2009 sein Studium mit gutem Erfolg abgeschlossen und im gleichen Jahr auch geheiratet hatte.

Dann starb im März 2010 Huberts Vater. Da ich ihn von früher gut kannte, bin ich selbstverständlich zur Beerdigung gefahren. Martha, also Huberts Mutter, und auch Herr Mergert haben mich herzlich begrüßt. Hubert habe ich bei dieser Gelegenheit seit langer Zeit erstmals wieder gesehen. Er nahm mich in den Arm, fast wie früher, und stellte mich seiner Frau vor. Diese fand ich übrigens recht sympathisch, obwohl ich mich in meinen Träumen oftmals an ihre Stelle gesehnt hatte. Zum sogenannten Leichenschmaus war ich auch eingeladen. Dort lernte ich auch Huberts Schwiegereltern kennen, die auf mich einen recht distinguierten Eindruck machten. Von Achim, der neben mir saß, erfuhr ich, dass Huberts Schwiegervater Rechtsanwalt in Hannover sei und eine recht große Summe in die Firma eingebracht habe."

An dieser Stelle unterbrach Gabi Dreier ihre Ausführungen und griff erst einmal zu ihrem Glas, um einen Schluck zu trinken.

Susanne Feigel munterte sie auf: „Frau Dreier, lassen Sie sich ruhig Zeit. Alles was Sie uns erzählen, ist für uns sehr interessant und könnte für die weiteren Ermittlungen wichtig werden. Wir haben ein Tonaufzeichnungsgerät mitlaufen lassen. Sie sind doch damit einverstanden? Natürlich werden wir Ihre Angaben absolut vertraulich behandeln."

Gabi Dreier nickte und redete weiter: „Das Wichtigste habe ich noch gar nicht erzählt. Am 21. Mai 2010, es war ein Freitag und der letzte Schultag vor Pfingsten, stand Hubert plötzlich vor mir als ich aus der Schule kam. Er fragte mich ganz direkt, ob ich nicht Lust hätte, mit ihm über Pfingsten in ein kleines Hotel im Schwarzatal zu fahren, er hätte da schon einmal vorgebucht. Sie können sich vielleicht vorstellen, was in diesem Moment in mir vorging. Ich war hin und her gerissen", schilderte Gabi Dreier ihre Gefühlslage. „Dann habe ich als erstes gefragt, was denn seine Frau dazu sagen würde. Die sei über Pfingsten bei ihren Eltern in Hannover. Seine Mutter besuche eine alte Freundin in Dresden und er müsse nach dem ganzen Trubel, den es nach dem plötzlichen Tod seines Vaters auch in der Firma gab, unbedingt ein paar Tage ausspannen. Auch müsse er mir sehr viel von seiner Ehe erzählen, die sich im nachhinein doch als übereilt herausgestellt habe.

Kurz und gut, ich willigte ein und wir hatten ein wunderschönes Wochenende, es war wie früher. Als wir am Nachmittag im Hotel ankamen, haben wir gleich die Betten ausprobiert, wenn Sie verstehen was ich meine. Und nach dem Abendessen sind wir auch gleich wieder in unserem Zimmer verschwunden. Hubert war regelrecht ausgehungert. Dabei erzählte er mir ganz offen, dass er seine Frau liebe und dass sie eine wunderbare Freundin für ihn sei, mit der er über alles reden könne. Nur auf sexuellem Gebiet sei zwischen ihnen schon gleich nach der Hochzeit absolute Flaute eingetreten. Natürlich habe ich das zuerst für die üblichen Reden eines Ehemannes bei einem Seitensprung gehalten. Aber Hubert ließ sich immer noch etwas Neues einfallen. Am nächsten Morgen hatten wir uns ein Sektfrühstück auf das Zimmer kommen lassen. Da hat er dann ganz vorsichtig Sekt auf meinen Körper geschüttet und ihn wollüstig abgeleckt. Es war wunderbar. Später habe ich seinen ganzen Körper mit Honig eingerieben und mir diesen schmecken lassen. Wir haben gealbert, wie die Kinder und selbst beim gemeinsamen Duschen konnten wir nicht voneinander lassen.

Je mehr Hubert von seiner Frau erzählte, umso weniger konnte ich sie begreifen. Die beiden verstanden sich auf fast allen Gebieten, warum ließ sich Gisela einen solchen Mann entgehen?

In der Folgezeit habe ich mich mit Hubert regelmäßig getroffen und ich habe ihm geglaubt, dass er auch schon vor dem Tod seines Vaters, also vor unserem Wiedersehen, daran gedacht hätte, sich von Gisela zu trennen. Er befürchtete, dass dann aber sein Schwiegervater die Stille Beteiligung an der Firma kündigen und seine 2 Millionen Euro zurückfordern würde. Das sei aber derzeit nicht zu verkraften gewesen."

Die beiden Kommissare schauten sich verständnisvoll an, und baten dann die junge Frau, ihren Bericht fortzusetzen.

Dabei erfuhren sie, dass Gabi Dreier im Juni 2011 einen Sohn zur Welt gebracht hatte. Hubert sei ganz vernarrt in das Kind gewesen, habe auch die Vaterschaft schriftlich anerkannt und ihr monatlich 2000 Euro überwiesen. Achim, also Felix wie sie ihn immer nannte, war von Anfang an in die ganze Geschichte eingeweiht und hat seinen Freund Hubert nach Kräften unterstützt. Gabi Dreier hatte nach einer Babypause zu Beginn des Schuljahres 2011/12 ihre Tätigkeit wieder aufgenommen und eine Tagesmutti für ihren Sohn Hubert gefunden.

„Dass das Ganze so auf Dauer nicht gehen würde", setzte Frau Dreier ihren Bericht fort, „war uns natürlich klar. Hubert meinte, dass er auch langsam Probleme mit den monatlichen Zahlungen bekäme. Herr Mergert, der Prokurist, würde schon immer so komisch fragen. Huberts Plan war, die Abwicklung des Großauftrages im Industriegebiet von Zeulenroda noch abzuwarten. Wenn dann das Geld dafür eingetroffen sei, wollte er seinen Schwiegervater auszahlen und reinen Tisch machen. Er habe auch schon daran gedacht, die Firma einfach zu verkaufen und mit mir irgendwo in Deutschland ganz neu anzufangen. Das wollte und konnte er aber seiner Mutter nicht antun.

So war die Lage der Dinge, als uns Anfang des vergangenen Monates in Hubert eine Wandlung vorging. Er wirkte irgendwie verzweifelt. Ich fragte natürlich immer wieder nach dem Grund und erfuhr schließlich so nach und nach, dass Hubert ein riesengroßes Problem mit sich herumschleppte. Er hatte wohl während seines Studiums an einem großen Projekt mitgearbeitet. Ich glaube er hatte irgendwelche Berechnungen übernommen und dabei unerlaubter Weise den Namen der Uni benutzt. Dabei ist ihm ein gravierender Fehler unterlaufen aus dem später erheblicher Schaden entstanden sein soll. Man forderte, dass sich Hubert mit zweihunderttausend Euro an der Begleichung der Schadenersatzforderung beteiligen solle. Dann wäre alles geklärt. Als ich wissen wollte, was passieren würde, wenn er nicht zahlte, meinte er, dann würde man ihm seinen Studienabschluss aberkennen und er käme eventuell sogar ins Gefängnis. Aus der Firma könne er das Geld auch nicht nehmen, das gäbe sofort Nachforschungen und zu seinem Schwiegervater hatte er kein Vertrauen. Ich sagte ihm natürlich, dass er über mein Erspartes verfügen könne, aber die 20.000 Euro, die ich habe, waren zu wenig.

Sie können sich denken, dass das Ganze unsere Beziehung ziemlich belastet hatte.

Vor etwa einer Woche kamen dann Hubert und Achim zu mir und erklärten, sie hätten einen Weg gefunden, wie das Ganze zu einem glücklichen Ende geführt werden könne. Achim hätte da einen alten Bekannten getroffen, der helfen würde. Als ich Näheres wissen wollte, meinten sie, ich solle abwarten und würde schon sehen wie alles gut würde. Dass die beiden einen Banküberfall planten, ist mir nie in den Sinn gekommen. Sicher war hier Achim der Initiator. Er war ja schon immer etwas leichtsinnig.

Gestern Abend kam dann Hubert zu mir und bat mich, ihm mein Auto zu leihen. Er wollte damit dann heute Mittag zu mir nach Pößneck kommen. Den Rest wissen Sie."

Nach einer kurzen Pause ergriff Hauptkommissar Günter Schreiber das Wort: „Frau Dreier, wir danken Ihnen sehr, dass Sie so schnell zu uns gekommen sind und uns alles erzählt haben. Ich denke, damit sind wir mit unseren Ermittlungen einen großen Schritt weiter gekommen. Und ich glaube, wir können ihnen versprechen, dass wir den oder die Mörder von Hubert und Achim finden werden. Zwei Fragen habe ich aber noch: Was wissen Sie über Bekannten, von dem Weismann gesprochen hatte? Zweitens, was für ein Auto haben Sie und wie lautet das Kennzeichen?"

Gabi Dreier erklärte, dass sie bei bestem Wissen nichts über den dritten Mann sagen könne. Ihr Auto sei ein 7 Jahre alter Golf, Farbe dunkelblau mit dem polizeilichen Kennzeichen SOK D 842.

Susanne Feigel wandte sich dann an die junge Frau: „Frau Dreier, wie sind Sie hergekommen? Können Sie morgen um die Mittagszeit nach Auma kommen?"

Gabi antwortete, dass sie mit einem Taxi gekommen sei und morgen auch gern nach Auma kommen würde, aber mit öffentlichen Verkehrmitteln sei das sehr umständlich und ein Taxi sei für sie doch recht teuer.

„Wir lassen Sie selbstverständlich jetzt nach Hause bringen und morgen natürlich auch abholen und zurückfahren", erklärte die Kommissarin. Auch sie bedankte sich nochmals bei Gabi Dreier und ging mit ihr zu Fahrbereitschaft, um die Heimfahrt zu organisieren.

Günter Schreiber wählte inzwischen die Handynummer von Tom Zahn. „Hallo Tom", sagte er, als dieser sich meldete. „Wie weit seid ihr mit der Suche nach dem Fluchtauto?"

Er erfuhr dann, dass in der Nähe vom Bahnhof Weida-Altstadt ein Komplex von 24 Garagen noch untersucht würde. 17 Garagen habe man inzwischen inspiziert. Die Besitzer der noch nicht untersuchten 7 Garagen würden gerade ausfindig gemacht. Unter den inspizierten Fahrzeugen würden sich 5 vom Typ Golf befinden, die vom Alter und der Farbe her infrage kommen könnten, aber keines der Kennzeichen würde mit G zu beginnen und auf 3 oder 8 enden. „Trägt eines dieser Fahrzeuge das Kennzeichen SOK D 842?" wollte der Kommissar wissen. Nachdem Tom Zahn diese Frage bejaht hatte, ordnete er an, dieses Fahrzeug unverzüglich in die KTU zu überstellen und die weitere Suche einzustellen.

„Sind Sie unter die Hellseher gegangen?", konnte sich Tom nicht verkneifen, zu fragen.

Schreiber schmunzelte: „Das sicher nicht, aber bei uns hat sich eine Zeugin gemeldet, der das Auto gehört und die sehr interessante Aussagen gemacht hat. Wir treffen uns morgen 9:00 Uhr alle im Präsidium. Die letzten Worte hatte Susanne noch gehört, als sie von der Fahrbereitschaft zurückkam.

„Jetzt müssen wir uns voll auf den ominösen dritten Mann konzentrieren", meinte sie. Wobei es nicht recht ins Bild passt, dass es davon offensichtlich zwei gibt."

Günter Schreiber gab ihr recht, meinte aber: „Wir beide machen für heute Feierabend. Für Karl

Richter wird das aber wohl nicht zutreffen. Wenn er erfährt, dass wir das Fluchtauto haben, wird er sicher sofort losfahren und mit der Untersuchung beginnen. Ich rufe Karl jetzt an und Du, Susanne, solltest noch veranlassen, dass sich alle Mitarbeiter morgen früh um 9:00 Uhr im Präsidium einfinden. Dann fahren wir heim."

XII

Sonntag, 5. Mai 2013.

Kurz vor 9:00 Uhr waren im Beratungsraum die Mitarbeiter der MUK schon vollständig versammelt. Auch Kriminalrat Bernd Bischhof, der Leiter des Geraer Polizeipräsidiums, und Karl Richter, der Chef der KTU, waren gekommen. Man wartete noch auf die zuständige Staatanwältin Christine Fuchs. Sie betrat wenige Minuten nach neun den Raum und redete sofort los: „Entschuldigung für meine Verspätung, ich hatte eben noch einen Anruf von der Sparkasse in Pößneck. Wir kennen jetzt die gesuchte Kontoinhaberin."

Mit einem leichten Schmunzeln unterbrach sie Günter Schreiber: Dabei wird es sich wohl um Frau Gabi Dreier aus der Schützengasse 2 in Pößneck handeln."

Frau Fuchs war völlig verblüfft und auch alle anderen Anwesenden, mit Ausnahme von Susanne Feigel und Karl Richter, zeigten sich höchst erstaunt.

„Wenn ihr schon alles wisst, habt ihr wohl auch schon das Fluchtauto und kennt vielleicht auch schon die Täter?", fragte die Staatsanwältin.

„Das Auto haben wir tatsächlich", antwortete Schreiber, „aber von den Tätern fehlt noch immer jede Spur. Ich will euch aber nicht länger auf die Folter spannen. Es war nötig, dass wir alle heute hier zusammen kommen, weil Susanne und ich am gestrigen Abend außerordentlich wichtige Informationen erhalten haben."

Dann informierte er seine Kollegen, dass sich gestern kurz nach 20:00 Uhr eine Frau Gabi Dreier im Präsidium gemeldet habe und dass er sich zusammen mit Kommissarin Feigel dann eingehend mit ihr unterhalte hatte.

Günter Schreiber schilderte dann ausführlich - gelegentlich ergänzt von Susanne Feigel - was sie von Gabi Dreier erfahren hatten.

Nachdem er seinen Kollegen Zeit gelassen hatte, das Gehörte zu verarbeiten, Steffi Bremer war in Gedanken schon beim Protokollschreiben, erläuterte Günter Schreiber seine Schlussfolgerungen: „Ich denke mir das Ganze so: Hubert Hetzer und Achim Weismann gedachten, sich durch den Banküberfall zweihunderttausend Euro zu beschaffen. Dazu wollte Weismann einen Bekannten von früher hinzuziehen. Dieser brachte noch einen weiteren Mann mit. Diese beiden haben dann die zwei brutalen Morde ausgeführt, weil sie sich nicht mit ihrem Anteil zufrieden geben, sondern die gesamte Summe haben wollten. Die wichtigste Spur zu den Tätern führt also über den oder die Bekannten von Achim Weismann.

Bevor wir unser weiteres Vorgehen beraten, hätte ich aber gern noch gewusst, ob die Unersuchung des Fluchtautos etwas Brauchbares ergeben hat. Tom, erzähle doch einmal, wie ihr das Auto gefunden habt."

Tom Zahn berichtete dann, dass man in der Nähe des Bahnhofes Weida Altstadt eine Anlage mit 24 Garagen gefunden hatte. Man habe dann die Wohnungsbaugesellschaft, der der Garagenkomplex gehörte ausfindig gemacht, den zuständigen Mitarbeiter aufgetrieben und von ihm eine Liste mit den Namen und Adressen der Mieter erhalten. Von den 24 Garagen waren aber nur 19 vermietet. Man sei dann daran gegangen, die Mieter aufzusuchen und sie zu bitten, ihre Garagen zu öffnen. Inzwischen habe man auch die 5 nicht vermieteten Garagen untersucht. In zwei von ihnen fand sich nur Gerümpel. Eine dritte und eine vierte waren verschlossen, konnten aber leicht geöffnet werden. In der einen fand man einen alten PKW Wartburg und in der anderen waren zwei Motorräder abgestellt. Die fünfte unvermietete Garage war nicht verschlossen. Hier entdeckte man einen älteren Golf und dahinter stand ein Motorrad, auf dem ein Helm und Motorradkleidung lagen. Inzwischen hatte man auch weitere Garagen inspizieren können und nur sieben hätten noch ausgestanden.

„Dann kam ihr Anruf", sagte Tom zu Kommissar Schreiber. „Die Nummer, die sie mir durchsagten, nämlich SOK D 842 gehörte zu dem Golf, der mitsamt dem Motorrad in der unverschlossenen Garage gestanden hatte. Ich habe dann, wie sie angeordnet hatten, die weitere Suche abgebrochen und die KTU informiert. Nach etwa 30 Minuten wurde dann des fragliche Auto abgeholt."

Hauptkommissar Schreiber war mit der Arbeit von Tom Zahn sehr zufrieden und ließ ihn dies auch spüren. Dann wandte er sich an Karl Richter und wollte wissen, ob die Untersuchung des Fluchtautos schon erfolgt sei und Ergebnisse erbracht hätte.

„Natürlich haben wir uns sofort an die Arbeit gemacht", erklärte Hauptkommissar Richter.

129

„Zusammen mit Helmut Vorberg und zwei weiteren Kollegen haben wir uns das Auto gründlich vorgenommen. Die Ergebnisse sind aber spärlich. Lenkrad, Armaturenbrett, Fensterbänke, Mittelkonsole usw. waren sorgfältig abgewischt. Im Fond fanden sich einige alte Fingerabdrücke, die aber kaum auswertbar scheinen. Allerdings haben wir an der Sitzverstellung des Fahrersitzes einen frischen Abdruck von Achim Weismann sicherstellen können. An der Lehne des Beifahrersitzes fanden sich Fasern, die mit sehr hoher Wahrscheinlichkeit von einer braunen Velourslederjacke stammen. Solche Fasern hatten wir auch in den Schuppen am Bahnhof gefunden. Abdrücke auf den Fußmatten vor dem Beifahrersitz und vor dem rechten Rücksitz stimmen ebenfalls mit Fußabdrücken überein, die wir in dem Schuppen sichergestellt haben. Es ist also höchst wahrscheinlich, dass wir das Fluchtfahrzeug haben. Wir haben natürlich auch noch eine ganze Menge Haare gefunden, die mindesten fünf verschieden Personen zugeordnet werden müssen. Hieran arbeiten die Kollegen noch. Wenn wir einen Verdächtigen hätten, könnten wir sicher anhand der dann vorliegenden DNA-Analysen genau sagen, ob er das Auto benutzt hat."

Günter Schreiber bedankte sich und meinte, dass es mit dem Verdächtigen leider nicht so schnell gehe. Dann wollte er noch wissen, was die weiteren Recherchen von Torsten Becker bezüglich der Fahrgäste, die den Zug in Weida-Alstadt bestiegen hatten, ergeben hätten.

Der Oberkommissar berichtete, dass er sich mit der Schaffnerin nochmals ausführlich unterhalten hätte. Diese konnte sich gut an die drei Jungen erinnern, die im letzten Moment eingestiegen waren. Sie hätten Schülerfahrkarten nach Gera gehabt und seien ihr auch von früheren Fahrten bekannt gewesen. Zu den beiden jungen Männern konnte sie nur sagen, dass diese auch gültige Fahrkarten besessen hätten, aber an den Zielbahnhof konnte sie sich nicht erinnern. Allerdings sei sie sich ziemlich sicher gewesen, dass diese beiden jungen Männer den Zug in Wünschendorf verlassen hätten. Torsten Becker berichtete dann, dass er sich auf diese beiden Fahrgäste konzentriert habe, weil er davon ausgegangen war, dass die drei Schüler ebenso wenig mit der Sache zu tun hätten, wie die beiden Frauen und das Kind.

„Vielleicht war das voreilig von mir", redete er weiter, „aber ich habe mich auf mein Gefühl verlassen. Die drei Jungen melden sich vielleicht nach unserem Aufruf." Er führte dann weiter aus, dass sich Frau Trebel, das sei der Name der Schaffnerin, dann bereit erklärt habe, mit ins Präsidium zu kommen. Dort habe man dann mit ihrer Hilfe zwei, wie er meinte recht ordentliche, Phantombilder erstellen können. Er projizierte diese Bilder an die Wand und bemerkte, dass sich Frau Trebel auch noch die Täterkartei angesehen habe. Leider konnte sie aber keine der dort gespeicherten Personen mit den gesuchten Fahrgästen in Verbindung bringen.

Hauptkommissar Schreiber hatte sich einige kurze Notizen gemacht und kam dann zu folgenden Vorschlägen:

„Erstens sollten wir die Suche nach den beiden jungen Männern aus dem Zug intensivieren. Ich finde es richtig, dass sich Torsten auf diese konzentriert hat. Auch mein Gefühl sagt mir, dass sie etwas mit der Tat zu tun haben könnten. Es wäre gut, wenn man einen Aufruf bringen könnte, dass sich Fahrgäste melden sollen, die am Freitag den Zug von Weida-Alstadt nach Werdau benutzt haben. In diesem Zusammenhang sollte man auch die Phantombilder veröffentlichen und nach diesen beiden Männern fragen. Dabei sollte aber unbedingt betont werden, dass sie lediglich als Zeugen gesucht würden. Vielleicht kann der MDR noch heute eine entsprechende Meldung ausstrahlen und in den morgigen Tageszeitungen sollte unsere Aufruf ebenfalls erscheinen. Wenn die Staatsanwaltschaft einverstanden ist", wandte er sich an Christine Fuchs, „wäre es sehr schön, wenn sie diese Sache übernehmen könnten."

Die Staatsanwältin nickte und sagte zu, alles Notwendige in die Wege zu leiten.

„Zweitens", fuhr Günter Schreiber fort, „kommt es darauf an, den oder die Bekannten von Achim Weismann, ich will sie einmal X und Y nennen, zu finden. Hier sehe ich folgende Ansatzpunkte:

Susanne sollte sich nochmals ausführlich mit Martha und Gisela Hetzer sowie mit Gabi Dreier und auch mit Herrn Mergert unterhalten und dabei die Phantombilder zeigen. Vielleicht erinnert sich jemand an eine der Personen.

Dann wäre zu überlegen, wie und wo Achim Weismann X und Y kennengelernt haben könnte. Als erstes fällt uns da natürlich die Haftanstalt Ichtershausen ein. Um diese Spur werde ich mich selbst kümmern. Aber man muss auch an ehemalige Arbeitskollegen und den Bekanntenkreis in Leuna denken, wo Weismann als Felix Grasfeld ja einige Zeit gearbeitet hat. Die Verfolgung dieser Spur möchte ich Lutz übertragen.

Schließlich könnte Weismann auch während seiner Zeit in der Reha in Bad Lauchstädt entsprechende Bekanntschaften geschlossen haben. Hier sollte Tom nachforschen.

Torsten", damit wandte er sich an Oberkommissar Becker, „dich bitte ich, hier die Fäden in der Hand zu behalten und vor allem die nach dem Fernsehaufruf und den Zeitungsveröffentlichungen sicher reichlich eingehenden Hinweise zu bearbeiten.

Zeitlich stelle ich mir das Ganze folgendermaßen vor: Susanne fährt nachher gleich nach Auma, sie hat sich ja bereits angekündigt und wird auch Frau Dreier dort hinbringen lassen. Ich selbst mache mich gleich auf den Weg nach Ichtershausen. Obwohl Sonntag ist, werde ich ja wohl an die notwendigen Informationen und Unterlagen herankommen. Tom Zahn und Lutz Waski, ihr fahrt gleich morgen früh los, ich denke, heute könnt ihr nicht sehr viel erreichen. Torsten sollte seinen Dienst wieder aufnehmen, wenn unsere Suchmeldung gesendet wurde.

Gibt es noch Fragen?", wandte er sich an seine Kollegen.

Er erntete allgemeines Kopfschütteln und auch Kriminalrat Bischof zeigte sich mit dem geplanten Vorgehen sehr einverstanden, fragte aber noch, ob denn bei der Genossenschaftsbank Weida die geraubten Geldscheine registriert gewesen seien.

Steffi Bremer konnte berichten, dass dies nur für die 500-Euro-Scheine der Fall war. Diese Nummern seien aber bereits in die entsprechenden Fahndungslisten eingegeben.

Kriminalrat Bernd Bischof lobte alle Kollegen für ihren Einsatz und gab seiner Hoffnung Ausdruck, dass es bald gelingen möge, die Täter dingfest zu machen.

„Das kann noch ein weiter Weg werden", dämpfte Günter Schreiber allzu große Erwartungen. „Für jetzt sollten wir aber Schluss machen und wie besprochen vorgehen."

Man beschloss dann, sich am Montag 16:00 Uhr wieder zu treffen, falls nicht besondere Ereignisse eintreten würden.

Steffi Bremer wollte nun gleich noch beginnen, die notwenigen Protokolle zu schreiben. Günter Schreiber sagte aber zu ihr: „Steffi, der Schreibkram hat bis morgen Zeit. Nutzen Sie die wenigen freien Stunden, die Sie mit Lutz haben. Macht es euch für den Rest des Sonntags noch recht gemütlich. So schlimm die Morde auch sind und so wichtig es ist, sie schnell aufzuklären, Erholung muss auch sein."

XIII

Sonntag, 5. Mai 2013.

Hauptkommissarin Susanne Feigel hatte sich bei Hetzer's in Auma telefonisch angemeldet und kam pünktlich um 13:00 Uhr auf den Hof der Baufirma an. Wie bei ihrem vorangegangenem Besuch standen Martha Hetzer und ihre Schwiegertochter Gisela in der Tür, sahen die Kriminalistin erwartungsvoll an und wollten wissen, ob man den Täter vielleicht schon gefasst hätte.

„Leider nein", musste Susanne Feigel antworten. „Aber es haben sich eine ganze Reihe neuer Aspekte und Spuren ergeben, die es ratsam erscheinen lassen, dass wir uns nochmals ausführlich unterhalten. Es wäre übrigens auch gut, wenn Herr Mergert dann noch dazukommen könnte. Ich möchte sowieso erst einmal mit ihrer Schwiegertochter allein sprechen", wandte sie sich an Martha Hetzer. „Vielleicht können Sie inzwischen Herrn Mergert bitten, dass er in etwa einer halben Stunde hier sein möge."

Martha Hetzer konnte sich zwar keinen Reim darauf machen, warum die Kommissarin ihre Schwiegertochter allein sprechen wollte, ging aber in ihr Wohnzimmer, um zu telefonieren.

Gisela Hetzer bat Susanne mit nach oben zu kommen, dort seien die Räume, die sie mit Hubert bewohnt hätte.

In einem großen, geschmackvoll eingerichteten Wohnzimmer nahmen die beiden Frauen an einem kleinen Couchtisch in bequemen Sesseln Platz. Eine große Fensterfront gab den Blick auf eine

135

geräumige Loggia und den dahinter liegenden Garten frei.

Gisela Hetzer fragte, ob sie etwas anbieten könne. Susanne Feigel verneint und begann dann die Unterhaltung: „Frau Hetzer, ich habe Sie bei unserem letzten Gespräch nach Ihrer Ehe gefragt. Sie antworteten, diese sei gut gewesen. Bitte glauben Sie mir, dass es nicht Neugier ist, wenn ich jetzt nochmals frage: War Ihre Ehe wirklich so gut?"

Gisela Hetzer zögerte und antwortete dann: „Es fällt mir sehr schwer darüber zu sprechen, aber es ist leider so, dass ich mich mehr zu Frauen als zu Männern hingezogen fühle."

„Na, das ist doch nicht unnormal", entgegnete Frau Feigel. „Ich lebe seit Jahren mit einer Frau zusammen, wir haben uns ein Haus gebaut und wollen für immer zusammen bleiben. Lesbische Beziehungen sind doch heutzutage kein Problem mehr."

„Da kennen Sie aber meinen Vater schlecht", kam die Antwort. „Ich bin seine einzige Tochter und er vergöttert mich sehr. Aber trotz seiner Tätigkeit als Anwalt hat er in Bezug auf Beziehungen zwischen den Geschlechtern sehr altmodische Ansichten. Ich wusste ja lange Zeit selbst nicht, was mit mir los war. Aber meine Eltern erwarteten, dass ich einen Schwiegersohn bringe. In Weimar habe ich dann 2008 Hubert kennengelernt. Wir haben uns von Anfang an sehr gut verstanden und am 3. Adventssonntag hatte ich dann Hubert mit nach Hause, nach Hannover, genommen. Meinen Eltern gefiel er auf Anhieb. Im Sommer 2009 hatte dann Hubert sein Studium mit sehr guten Ergebnissen abgeschlossen und im Oktober haben wir geheiratet. Alle schienen glücklich, nur ich war es nicht. Natürlich hatte ich auch vor unserer Hochzeit Huberts Drängen nachgegeben und mehrmals mit ihm geschlafen. Ihm hat es gefallen, mir nicht. Ich dachte damals, wenn wir erst verheiratet wären, würde sich das schon geben, aber das Gegenteil war der Fall. Mit Hubert habe ich mich auf allen Gebieten sehr gut verstanden, wir hatten viele gemeinsame Interessen und konnten über alles reden – nur nicht über meine sexuelle Frustration. In den letzten Monaten habe ich immer wieder Vorwände gefunden, um nicht mit ihm schlafen zu müssen. In dieser Zeit ist mir meine wahre Veranlagung dann auch deutlich geworden. Natürlich habe ich auch daran gedacht, Hubert reinen Wein einzuschenken, aber zwei Gründe ließen mich immer wieder zögern. Da war zum einen der plötzliche Tod seines Vaters, fast genau ein Jahr nach unserer Hochzeit und zum anderen die Angst, dass mein Vater bei einer Scheidung sein Kapital aus der Firma abziehen würde, was für Hubert sehr schwer geworden wäre. Vater hatte sich bei meiner Hochzeit mit 2 Millionen Euro als Stiller Gesellschafter an der Hetzer-Bau GmbH beteiligt."

Susanne Feigel bedankte sich bei Gisela Hetzer für die freimütigen Informationen und meinte, dass ein frühzeitigeres Aussprechen der Probleme vielleicht das Unheil hätte verhindern können. „Aber für *Hätte* gibt es nichts", setzte sie ihre Rede fort. Andererseits wird Sie dass, was ich nun Ihnen und ihrer Schwiegermutter mitteilen muss, nicht gar zu sehr erschüttern. Am besten, wir beide gehen jetzt hinunter zu ihr."

Unten im Wohnzimmer saß bereits Martha Hetzer mit Willi Mergert am Couchtisch, auf dem vier Kaffeegedecke standen. Frau Hetzer hatte es sich nicht nehmen lassen, Kaffee zu kochen und das gute Meißner Porzellan aufzutragen. Milch, Zucker und eine Schale mit Keksen standen ebenfalls bereit.
Gisela Hetzer und Susanne Feigel setzten sich dazu. Beide nickten Martha Hetzer zu, die mit der Kaffeekanne kam, um einzuschenken.
Hauptkommissarin Feigel ergriff das Wort:" Was ich Ihnen jetzt sagen muss, wird sie jetzt sicher überraschen und gewiss auch traurig stimmen, aber wenn wir die Mörder rasch fassen wollen, dürfen wir uns keine Sentimentalitäten leisten.
Also: Gestern Abend erhielten mein Kollege Hauptkommissar Günter Schreiber und ich Besuch von Frau Gabi Dreier, die sie ja alle kennen. Sie sagte uns als erstes, dass der Tote vom Bahnhof, den sie ja als Felix Grasfeld kannten, in Wirklichkeit Achim Weismann war. Nur Hubert und Gabi Dreier hatten dies gewusst."
„Das kann doch gar nicht sein", entfuhr es Willi Mergert. „Ich kenne die beiden Buben ja praktisch von klein auf und sie hatten ja auch immer eine gewisse Ähnlichkeit, aber dass Achim so in die Identität von Felix schlüpfen konnte, kann ich mir nicht vorstellen. Ist denn jeder Irrtum ausgeschlossen?"
Susanne Feigel erklärte dann, dass die Aussagen von Frau Dreier durch krimimaltechnische Unter-

suchungen absolut abgesichert seien. Sie schilderte dann, wie es im Zusammenhang mit der Tsunami-Katastrophe in Thailand am 2. Weihnachtsfeiertag 2004 zu dem Identitätswechsel gekommen war. Und nach dem Chemieunfall, bei dem Achim Weismann auch Gesichtsverletzungen erlitten hatte, sei natürlich niemand auf die Idee gekommen, seine Identität als Felix Grasfeld anzuzweifeln. „Aber", setzte die Kommissarin ihre Rede fort, „die Hauptsache kommt noch. Dass Gabi Dreier und Hubert früher ein Paar waren, dürfte Ihnen allen bekannt sein. Aber seit Pfingsten 2010 waren sie es wieder. Von da an war Gabi Dreier die Geliebte von Hubert Hetzer. Nachdem, was mir vorhin seine Frau erzählte, dürfte sie ihm deswegen auch im Nachhinein keine allzu großen Vorwürfe machen. Das ist doch richtig?", frage Susanne Feigel und sah Gisela Hetzer an.

„Diese nickte und antwortete: „Das einzige was ich mir und Hubert vorwerfen kann, ist, dass wir uns nicht ausgesprochen haben."

„Na jedenfalls", nahm die Kommissarin den Faden wieder auf, „die beiden haben sich regelmäßig getroffen und im Juni 2011 wurde dann der gemeinsame Sohn Hubert Dreier geboren."

„Ich habe ein Enkelkind!", rief Martha Hetzer. „Warum hat denn der Junge nicht wenigstens mir, seiner Mutter, etwas davon gesagt? Das muss ich erst verdauen. Da ist mir von meinem Sohn ja doch noch etwas geblieben", meinte sie und nahm ihre Hände vor das Gesicht.

„Ich bin mit meinen Neuigkeiten noch nicht am Ende", redete nach kurzer Pause Frau Feigel weiter. „Nach Aussage von Gabi Dreier war Hubert in seinen Sohn vernarrt. Das können wir nicht nachprüfen, Fakt ist aber, dass er ab Mai 2011 monatlich 2000 Euro an Gabi Dreier überwiesen hat. Hubert und Gabi hatten durchaus auch Pläne, wie sie die Situation meistern wollten. Da war aber einmal die große Verantwortung nach dem plötzlichen Tod seines Vaters und zum anderen die Sorge, dass Giselas Vater sein Kapital aus der Firma abziehen könne. Deshalb habe sie die Sache in der Schwebe gelassen und gehofft, wenn im Sommer der Großauftrag in Zeulenroda abgewickelt sei, reinen Tisch machen zu können.

Dann kam Hubert wohl in ernste Schwierigkeiten. Er hat zwar Gabi Dreier auch nichts Genaues erzählt, obwohl diese ihn gedrängt hat. Frau Dreier wusste nur, dass Hubert während seiner Studienzeit an irgendeinen Großprojekt mit gearbeitet haben soll. Er hat da wohl Berechnungen durchgeführt, die sich im Nachhinein aber als fehlerhaft erwiesen haben. Es ist jetzt wohl erheblicher Schaden entstanden und man hat Forderungen an Hubert gestellt. Man hat wohl zweihunderttausend Euro verlangt. Hubert hat gemeint, wenn er nicht zahlen würde, könnte das zum Aberkennung seines Studienabschlusses oder schlimmstenfalls auch zu einem Strafverfahren führen. Seine Mitarbeit damals sei nämlich illegal gewesen.

Hubert muss ziemlich verzweifelt gewesen sein. Die Firma habe er nicht belasten können, weil dann das Ganze ans Licht gekommen wäre. Seinen Schwiegervater, der das Geld sicher gehabt hätte, wollte er sich auch nicht anvertrauen. Dann hat er vor einer Woche Gabi Dreier mitgeteilt, dass Achim Weismann, ein Bekannter von diesem und er eine Lösung gefunden hätten. Dass diese Lösung in einem Banküberfall bestehen sollte, kam Frau Dreier nicht in den Sinn und auch ich kann diese wahnwitzige nicht nachvollziehen. Fakt ist aber: Der Überfall auf die Genossenschaftsbank in Weida, bei dem Hubert und Achim auf so tragische Weise den Tod fanden, war von diesen beiden inszeniert worden."

Martha und Gisela Dreier sowie Herr Mergert erhoben heftige Einwände. Sie meinten, so ein kriminelles Handeln passe überhaupt nicht zu Hubert und sie wollten wissen, ob denn alle Zweifel ausgeschlossen sind.

„Endgültige Gewissheit werden wir sicher erst haben, wenn die Täter gefasst sind", antwortete die Kommissarin. „Aber nach allem was wir bisher ermittelt haben, müssen wir leider davon ausgehen, dass Hubert Hetzer gemeinsam mit Weismann und mindestens einer weiteren Person den Banküberfall geplant hatte. Hier erhält die Aussage von Frau Dreier besonderes Gewicht, dass Achim Weismann erklärt hätte, ein Bekannter von früher würde bei der Lösung des Geldproblems helfen. Abgesehen davon, dass an dem Überfall nicht nur eine weitere Person, sondern deren zwei beteiligt waren, ist dies unsere wichtigste Spur. Wir wollten jetzt alle zusammen überlegen, welchen Bekannten Achim gemeint haben könnte. Dazu habe ich auch Frau Dreier hergebeten, ich hoffe doch, dass Ihnen ihre Anwesenheit nicht allzu unangenehm sein wird. Ich halte es aber für wichtig, dass sie alle gemeinsam darüber reden und versuchen sich zu erinnern, jede Kleinigkeit kann wichtig sein.

Ich schlage vor, dass wir jetzt eine kurze Pause einlegen, ich würde gern noch ein Tässchen von Ihren Kaffee nehmen", wandte sie sich an Martha Hetzer. Man stand kurz auf, Martha und Gisela Hetzer gingen in die Küche und unterhielten sich leise. Susanne Feigel trank ihren Kaffee als Herr Mergert zu ihr sagte: „Jetzt ist das mit den Überweisungen ja auch klar." Susanne Feigel nickte.

Es dauerte dann gar nicht mehr lange bis der Streifenwagen auf dem Hof vorfuhr, der Gabi Dreier abgeholt hatte. Diese stieg aus, nahm ihren kleinen Sohn an die Hand und ging mit ziemlichem Herzklopfen die Stufen zur Eingangstür hoch. Martha Hetzer öffnete und nahm Gabi wortlos in den Arm und drückte sie heftig an sich. Dann nahm sie den Kleinen auf den Arm, herzte ihn und sagte: „Hubert, ich bin deine Oma". Dann gingen alle ins Wohnzimmer und die Kommissarin wollte gerade die Gesprächsleitung übernehmen. Gisela Hetzer kam ihr aber zuvor. Sie ging auf Gabi Dreier zu, gab ihr die Hand und sagte: „Gabi, ich kann ihnen nicht böse sein. Ich habe nachgedacht und es war mein Fehler, die Ehe mit Hubert fortzusetzen. Lassen Sie uns in gemeinsamen Gedenken an Hubert Freundinnen werden."

Gabi Dreier war von diesem Empfang überwältigt und brach in Tränen aus. „Ich war darauf eingestellt", sagte sie, „mit Ablehnung empfangen zu werden. Huberts Vaterschaftsanerkennung habe ich mitgebracht und ich würde es auch akzeptieren, wenn ihr noch ein Gutachten machen lassen wollt, aber mein Kleiner ist Huberts Sohn."

„Nun lass aber mal diesen Quatsch", wurde Martha Hetzer richtig böse. „Gabi, ich kenne dich schon so viele Jahre und habe früher einmal in dir meine Schwiegertochter gesehen. Nun ist alles so, wie es ist. Wir in der Familie müssen jetzt zusammenhalten und mithelfen, dass die Verbrecher, die uns soviel Leid zugefügt haben, schnellstens gefasst werden."

Die letzten Worte waren ganz im Sinn von Hauptkommissarin Feigel. Diese betonte nochmals, dass es wichtig sei, einen Hinweis auf die Person zu finden, die Achim Weismann an den Überfall hatte beteiligen wollen.

Die drei Frauen und auch Willi Mergert diskutierten miteinander und man sah, wie es in ihnen arbeitete.

„Vielleicht helfen Ihnen bei der Suche nach der Kontaktperson diese beiden Bilder etwas", sagte Frau Feigel und legte die Phantombilder der Zugpassagiere auf den Tisch. „Es sind das zwei Fahrgäste, die vorgestern 15:30 Uhr in Weida-Altstadt eingestiegen sind. Die müssen mit unserem Fall überhaupt nichts zu tun haben, werden aber als wichtige Zeugen gesucht. Heute im Fernsehen und morgen in den Zeitungen wird ein entsprechender Aufruf erscheinen."

Die Bilder wurden von allen sehr eingehend betrachtet, aber keiner konnte dazu einen Hinweis geben.

Willi Mergert war es, der die Stille durchbrach: Wir können offensichtlich niemanden finden, mit

143

dem Felix, ich meine natürlich Achim und kann mich noch immer nicht an den Identitätswechsel gewöhnen, entsprechenden Kontakt hatte. Aber Achim hat ja 2002 einmal im Gefängnis gesessen. Vielleicht hatte er von daher noch Kontakte."

„Daran haben wir natürlich auch gleich gedacht", antwortete die Kommissarin. „Diese Spur wird von uns derzeit intensiv verfolgt und auch sein Reha-Aufenthalt in Bad Lauchstädt und seine Zeit in Leuna werden untersucht. Ich hatte eigentlich gehofft, von Ihnen einen Hinweis zu bekommen. Das ist leider nicht der Fall. Wenn Ihnen noch etwas einfällt, auch die geringste Kleinigkeit kann wichtig sein, rufen Sie mich bitte gleich an." Damit verabschiedete sie sich, dankte für den Kaffee und wollte nur noch wissen, für wann sie den Streifenwagen für die Heimfahrt für Gabi Dreier und ihren Sohn bestellen solle. „Ihr Auto", sagte sie noch, „ist nämlich noch zur Untersuchung bei uns in der KTU, aber das wird Ihnen Gabi noch genauer erklären können." Da erklärte aber Willi Mergert kategorisch, dass er die beiden nach Hause bringen wolle.

Damit ließ Hauptkommissarin Susanne Feigel einen alten Mann, drei Frauen und ein Kind zurück, die in Zukunft sicher gut miteinander auskommen würden – im Hinblick auf die Suche nach den Tätern war sie aber keinen Schritt weiter gekommen.

XIV

Sonntag, 5. Mai 2013.

Es war inzwischen 14:30 Uhr als Hauptkommissar Günter Schreiber die JVA Ichtershausen erreichte. Da er telefonisch angemeldet war, wurde er bereits erwartet und in das Büro des Direktors gebeten. Arno Lehmann war ein freundlicher älterer Herr, mittelgroß mit einem gepflegten Oberlippenbart und mit Anzug, hellgrauem Oberhemd und dazu passenden Schlips sehr korrekt gekleidet. Er bot dem Kommissar den Besucherstuhl an und setzte sich ihm gegenüber an seinen Schreibtisch. „Hoffentlich gibt es nicht unnötigen Ärger", meinte er, „ich möchte die wenigen Tage bis zu meiner Pensionierung nämlich noch ohne größere Aufregungen überstehen".

Günter Schreiber wies sich aus und erläuterte sein Anliegen. Daraufhin fuhr Direktor Lehmann seinen PC hoch, rief einige Dateien auf und bemerkte dann: „Achim Weismann wurde am 10.9.2002 hier eingeliefert. Wegen eines versuchten Bankraubes war er zu einer Strafe von 3 Jahren und 6 Monaten verurteilt worden. Am 15.10.2004, also ein reichliches Jahr vor seiner Entlassung, wurde ihm Freigang gewährt, weil seine Mutter an diesem Tag beerdigt wurde. Wir sahen keinen Grund, ihm dies zu verweigern. Er hatte sich vorbildlich geführt, mehr als die Hälfte seiner Strafe verbüßt und der Rest wäre wahrscheinlich Ende des Jahres zur Bewährung ausgesetzt worden. Ein Freund hatte ihn am Morgen dieses Tages abgeholt und wollte ihn auch wieder zurück bringen. Weismann ist aber nicht zurückgekehrt. Am späten Abend haben wir dann die Kriminalpolizei in Erfurt verständigt. Erst sehr viel später, im Januar 2005 hat man uns dann mitgeteilt, dass Weismann Weihnachten 2004 bei dem Tsunami in Thailand ums Leben gekommen sei.

Ihre Frage nach Kontaktpersonen ist nicht einfach zu beantworten", wandte sich dann der Direktor dem Kommissar unmittelbar zu. Schreiber erfuhr, dass zeitgleich mit Weismann etwa 45 andere Personen eingesessen hätten. Bei gemeinsamer Arbeit oder beim Sport habe es ständig Kontakte zwischen diesen gegeben. „Ich kann Ihnen aber die Personen nennen, die mit Weismann gemeinsam eine Zelle bewohnt haben", fuhr Direktor Lehmann fort. Am besten, Sie kommen einmal auf meine Seite und wir schauen gemeinsam auf den Bildschirm."

Dort war dann ersichtlich, dass Weismann vom 10.9.2002 bis zum 31.12. 2002 die Zelle mit Lars Ehring geteilt hatte. Ehring wurde Ende 2012 nach Verbüßung seiner Strafe entlassen.

Ab 15.1.2003 war dann Benno Taubner zusammen mit Weismann untergebracht. Direktor Lehmann berichtete weiter: „Taubner kam am 10.9.2003 in das Haftkrankenhaus nach Erfurt, weil man bei ihm Lungenkrebs diagnostiziert hatte. Wir haben ihn hier bei uns in der JVA nicht mehr gesehen. Am 4. Oktober, einem Sonnabend, direkt nach dem Feiertag, wurde dann Christian Demmler bei uns eingeliefert. Er kam in die Zelle zu Weismann und blieb dort bis zu seiner Entlassung im Mai 2005."

Günter Schreiber ließ sich diese Angaben zusammen mit den persönlichen Daten der drei genannten Personen ausdrucken. „Können Sie mir sagen, ob Weismann mit einem der drei besonders enge Kontakte gehabt hatte?" wollte er schließlich wissen. Direktor Lehmann schüttelte den Kopf, erbot sich aber, die beiden Aufsichtsbeamten, die derzeit Dienst hatten, holen zu lassen. Als die beiden Justizvollzugsbeamten gekommen waren, erklärte Günter Schreiber, weshalb er gekommen war: „Achim Weismann ist nicht in Thailand ums Leben gekommen, sondern am vergangenen Freitag im Zusammenhang mit einen Bankraub wahrscheinlich von einem Komplizen umgebracht worden. Wir suchen also Kontaktpersonen zu Weismann."

Der jüngere der beiden Vollzugsbeamten meinte daraufhin: „Ich hatte den Eindruck, dass sich Achim Weismann und Christian Demmler sehr gut miteinander verstanden haben. Ich kann mir aber beim besten Willen nicht vorstellen, dass Demmler zu einem Mord fähig sein sollte. Da müsste er sich seit seiner Entlassung gewaltig verändert haben." Diese Meinung wurde von den beiden anderen Beamten bestätigt.

Kommissar Schreiber holte schließlich die beiden Phantombilder hervor und bat die Beamten, sich diese genau anzusehen.

Alle drei waren sich sofort einig, dass eines der Bilder, und zwar das von dem kleineren der beiden Männer, sehr große Ähnlichkeit mit Christian Demmler aufweisen würde.

„Danke meine Herrn, ich glaube, das bringt uns einen großen Schritt weiter", verabschiedete Günter Schreiber die beiden Beamten. Vom Direktor wollte er dann möglichst genau wissen, was über diesen Christian Demmler bekannt war. Arno Lehmann öffnete eine weitere Datei auf seinem PC und konnte dann folgendes berichten: Christian Demmler war im September 2003 vom Landgericht Gera zu einer Jugendstrafe von 2 Jahren und 6 Monaten verurteilt wurden. Im wurde zur Last gelegt, an einem Raub auf dem Güterbahnhof Gera beteiligt gewesen zu sein und in diesem Zusammenhang einen Wachmann ganz erheblich verletzt zu haben. „Der Fall wurde damals von ihrer Dienststelle untersucht", sagte Lehmann dann zu Günter Schreiber.

„Sicher nicht von der Mordkommission", meinte dieser. „Aber sie haben recht, die gesamten Akten müssen bei uns im Präsidium bzw. beim Landgericht Gera sein. Ich werde mich sofort darum kümmern, ich glaube nämlich, die Spur Demmler ist heiß". Direktor Lehmann pflichte dem Kommissar bei, stellte aber natürlich bereitwillig auch alle Daten zu den ehemaligen Häftlingen Ehring und Taubner zur Verfügung.

Hauptkommissar Günter Schreiber bedankte und verabschiedete sich und trat die Rückfahrt nach Gera an, wohl wissend, dass er eine lange Nacht des Aktenstudiums vor sich haben würde.

XV

Mittwoch, 20. August 2003.

Es war 22:30 Uhr als ein Kleintransporter Ford Transit in das Gelände des Güterbahnhofes Gera einfuhr. An einem Abstellgleis, das an einer Laderampe neben einem Güterschuppen endet, stand ein einzelner gedeckter Güterwaggon. Dieser war das Ziel des Kleintransporters, der die letzten 100 Meter ohne Licht zurückgelegt hatte. Am Waggon angekommen, stiegen vier junge Männer aus. Alle waren mit Jeans und dunklen Oberhemden bekleidet und trugen trotz der sommerlichen Wärme Handschuhe. Das Alter des Anführers und zweier weiterer Personen würde man auf Mitte Zwanzig schätzen, der vierte war wesentlich jünger. Dieser erhielt den Auftrag, zurück hinter den Schuppen zu gehen und aufzupassen, ob mit Störungen zu rechnen sei. Falls jemand käme, sollte er die Truppe warnen und den Betreffenden aufhalten.

Der Anführer sagte dann zu den beiden anderen: „Ich habe dafür gesorgt, dass dieser Waggon hier abgestellt wurde. Er enthält 2 Tonnen hochwertigen Kupferdraht, der für ein Elektromotorenwerk in Saalfeld bestimmt ist. Von diesem Material werden wir uns jetzt das Auto voll packen. Ich denke 1,5 Tonnen werden wir laden können. Ich habe schon Abnehmer, die uns dafür fünftausend Euro zahlen wollen. Also los, an's Werk".

Damit entfernte er die Plomben und öffnete den Waggon. Zusammen mit seinen Kumpanen wurde Drahtrolle für Drahtrolle vom Güterwagen auf dem Kleintransporter verstaut.

Man war damit fast fertig, als vom Schuppen her ein Pfiff ertönte und bald ein lauter Wortwechsel zu hören war. Der Anführer bedeutete seinen Komplizen zu warten und eilte zum Güterschuppen. Dort hielt ein Wachmann den Aufpasser fest und wollte wissen, was dieser hier zu suchen hätte und was es mit dem Lieferwagen vorn an der Rampe auf sich hätte. Ohne Vorwarnung schlug der Anführer den Wachmann nieder und die beiden Diebe schlugen und traten weiter auf den wehrlos am Boden liegenden Mann ein. Dieser hatte allerdings zuvor schon über Handy die Polizei verständigt, so dass nach wenigen Minuten ein Funkstreifenwagen mit Sondersignal und Blaulicht auf das Gelände gefahren kam. Die beiden Täter ließen von ihrem Opfer ab. Der Anführer rannte zum Lieferwagen und fuhr mit seinen beiden Mittätern davon. Der junge Mann, es war Christian Demmler, lief in die andere Richtung. Einer der Streifenpolizisten nahm die Verfolgung auf, der andere kümmerte sich um das Opfer. Inzwischen war auch ein zweiter Streifenwagen eingetroffen. Den Beamten dieses Fahrzeuges lief Christian Demmler direkt in die Arme. Er wurde festgenommen und ins Polizeipräsidium nach Gera gebracht.

Die Verfolgung des Kleintransporters blieb ohne Ergebnis.

Die Besatzung des ersten Streifenwagens hatte natürlich sofort der Notarzt alarmiert und einen Krankenwagen angefordert. Beide waren nach etwa 10 Minuten zur Stelle. Der schwer verletzte Wachmann wurde erstversorgt und in das Krankenhaus eingeliefert. Dort stellte man einen Schädelbruch, schwere Gesichtsverletzungen und mehrere Kieferbrüche fest. Der Patient wurde in ein künstliches Koma versetzt und war erst nach 10 Tagen vernehmungsfähig. Bis zu seiner vollständigen Genesung vergingen nahezu 14 Monate.

XVI

Sonntag, 5. Mai 2013.

Kurz nach 20:30 Uhr war Hauptkommissar Günter Schreiber wieder im Polizeipräsidium Gera eingetroffen. Er hatte vorher noch kurz zuhause vorbeigeschaut, eine Kleinigkeit gegessen und seine Frau darauf vorbereitet, dass er wohl noch ein paar Stunden würde arbeiten müssen.

In seinem Büro war Oberkommissar Torsten Becker fleißig am Telefonieren. Der MDR hatte den Aufruf gesendet, dass sich Fahrgäste melden sollten, die den Zug am Freitag 15:34 Uhr ab Weida-Altstadt benutzt hatten. Die mit Hilfe der Schaffnerin erstellten Phantombilder waren auch gezeigt worden. Die beiden Kommissare begrüßten sich. „Hallo Günter", sagte Becker, „alles was wir über Christian Demmler hier im Präsidium haben, liegt auf deinem Schreibtisch. Gleich nach deinem Anruf habe ich das Nötige veranlasst. Im Landgericht habe ich beim Diensthabenden auch Dampf gemacht und betont, dass es um die Klärung eines aktuellen Mordfalles geht. Er wollte jemanden ins Archiv schicken und uns die Akten rüberbringen lassen. Wie du angeordnet hast, habe ich auch Susanne, Lutz sowie Tom und Steffi angerufen und ihnen mitgeteilt, dass sich die Pläne für morgen geändert haben und dass für 8:00 Uhr eine Dienstbesprechung angesetzt ist."

„Danke Torsten", erwiderte Günter Schreiber. „Susanne werde ich nachher noch einmal anrufen, wenn ich einen ersten Überblick über den damaligen Fall Demmler habe. Dann werde ich auch die

Staatsanwaltschaft und unserem Chef informieren. Ich glaube, wir haben eine heiße Spur gefunden. Bitte achte darauf, ob bei den Informationen, die dir zugehen, Hinweise auf Demmler dabei sind. Wir sollten nachher auf jeden Fall nochmals miteinander reden." Damit ging Kommissar Schreiber in sein Zimmer, nahm am Schreibtisch Platz und schlug die Akte Christian Demmler auf. Er las sie aufmerksam Seite für Seite und machte sich gelegentlich Notizen. Sein Aktenstudium erbrachte schließlich folgende Erkenntnisse:

Christian Demmler wurde am 18. April 1984 in Bad Köstritz geboren. Seine Eltern betrieben eine Gärtnerei in der dritten Generation. Demmler-Dahlien waren über die Grenzen Thüringens hinaus bekannt. Seine Kindheit schilderte Christian Demmler als normal. Allerdings sei sein Vater sehr streng gewesen und es habe oft Schläge gegeben. Sein fünf Jahre älterer Bruder Gerd habe aber wesentlich mehr unter den Jähzornattacken seines Vaters zu leiden gehabt. Er selbst habe oft Zuflucht und Trost bei den Großeltern, die mit in Haus gelebt hatten, gefunden. Von der Mutter hätten die beiden Geschwister keine Unterstützung erfahren, auch diese sei manchmal vom Vater geschlagen worden.

Seinem Bruder hätten die Großeltern auch nicht geholfen, sie konnten ihn nicht leiden, weil sie mehrfach beobachtet hatten, dass Gerd ein notorischer Tierquäler war. Einmal habe er einer Katze den Schwanz abgeschnitten, ein anders Mal einem Huhn ein Bein. Christian habe seinen großen Bruder aber immer bewundert. Besonders als dieser sich nach dem Abschluss der Hauptschule den Forderungen des Vaters, eine Gärtnerlehre zu beginnen, energisch widersetzte. Gerd hatte dann eine Lehre bei der Deutschen Bahn begonnen und ist einen Tag nach seinem 18. Geburtstag zuhause ausgezogen. Zu den Eltern und Großeltern habe er jeglichen Kontakt abgebrochen. Aber Christian habe ihn oft in seiner Bude besucht und war auch manchmal dabei, wenn er sich mit seiner Clique traf.

Christan Demmler hatte dann nach dem Hauptschulabschluss eine Lehre als Gärtner im elterlichen Betrieb begonnen. 2003, als er festgenommen wurde, war er im 2. Lehrjahr.

Zu dem Raub am 20. August 2003 im Geraer Güterbahnhof sagte er folgendes aus: Er habe am Abend dieses Tages wie häufig vor dem Hauptbahnhof in Gera so herumgehangen und mit Bekannten gequatscht. So gegen 22:00 Uhr sei ein Kleintransporter gekommen, in dem drei junge Männer saßen. Den Fahrer habe er vom Sehen gekannt, weil er manchmal mit seinem Bruder zusammen gewesen sei. Der habe ihn gefragt, ob er ein, zwei Stunden Zeit hätte, sie würden jemand als Aufpasser brauchen. Er hätte dafür 100 Euro erhalten sollen.

Christian Demmler sei dann mit zum Güterbahnhof gefahren und habe an einem Lagerschuppen Posten bezogen, während die anderen drei zu einem etwa 50 Meter entfernten allein stehenden Güterwagen gefahren seien. Dort hätten sie Fracht aus dem Güterwagen in den Transporter umgeladen.

Plötzlich sei ein Wachmann neben ihm aufgetaucht und habe ihn am Kragen gepackt. Es habe dann auch eine laute Diskussion gegeben und er habe versucht, sich loszureißen. Dann wäre auch plötzlich der Fahrer des Transporters da gewesen und habe den Wachmann von hinten einen Schlag auf dem Kopf verpasst. Der sei daraufhin zu Boden gegangen und gemeinsam hätten sie ihn dann weiter verprügelt.

Dann sei ein Streifenwagen mit Blaulicht und Sondersignal aufgetaucht, worauf der Fahrer des Transporters zu seinem Fahrzeug gelaufen und schnell davongefahren sei. Er, Christian Demmler, sei zu Fuß geflüchtet, aber dabei zwei Polizisten, die mit einem weiteren Streifenwagen gekommen waren, direkt in die Arme gelaufen.

Trotz intensiver und eindringlicher Befragung blieb Christian Demmler von Anfang an bei der Aussage, dass er weder den Fahrer des Transporters noch seine zwei Komplizen gekannt habe.

Kommissar Schreiber nahm sich dann die Unterlagen vor, die die Verletzungen des Wachmannes dokumentierten. Für den Schädelbruch im hinteren Kopfbereich war mit hoher Wahrscheinlichkeit ein sehr kräftiger Schlag mit einem Metallrohr ursächlich. Die Gesichtsverletzungen und Kieferbrüche rührten von Fußtritten her. Im Gesicht des Verletzten konnten Spuren sichergestellt werden, die zweifelsfrei von den Schuhen des Christian Demmler stammten.

Die Ermittler gaben sich natürlich nicht damit zufrieden, dass Christian Demmler die anderen am Raub Beteiligten nicht gekannt und auch in der

Kartei der Polizei nicht wiedergefunden haben wollte. Der Verdacht richtete sich natürlich erst einmal gegen Christians Bruder Gerd Demmler, weil der als Rangierer im Güterbahnhof beschäftigt war. Er hätte über das notwenige Insiderwissen verfügen und auch den Güterwagen auf das Abstellgleis dirigieren können. Für die Zeit des Überfalles hatte Gerd Demmler aber ein Alibi. Seine Freundin Beate Stein erklärte, dass er bei ihr gewesen sei. Diese Aussage wurde von den ermittelnden Beamten zunächst kritisch gesehen, aber im weiteren Verlauf der Untersuchungen erhärtet. Die Nachbarin der Freundin sagte nämlich aus, dass sie zur fraglichen Zeit laute Geräusche aus der Nebenwohnung vernommen hätte. Als die Beamten Näheres wissen wollten sagte sie wörtlich: „Die zwei jungen Leute sind ganz schön zugange gewesen. Beide haben zuerst gelacht und dann ganz schön gestöhnt."
Nachforschungen am Bahnhof konnten Gerd Demmler auch keine Tatbeteiligung nachweisen. Dem Team, das am Nachmittag des 20. August Rangierdienst hatte, wurde ein schriftlicher Auftrag der Leitstelle vorgelegt, nach dem der zur Rede stehende Güterwaggon auf Gleis 107 abzustellen sei. Das war die Stelle, an der er später ausgeraubt wurde. Der Auftrag war allerdings gefälscht, wie und von wem, ließ sich nicht ermitteln.
Hauptkommissar Schreiber hatte durchaus das Gefühl, dass Gerd Demmler an der ganzen Geschichte beteiligt gewesen war. Er musste aber zugestehen, dass seine Kollegen jeglichem Indiz in

dieser Richtung nachgegangen waren ohne fündig zu werden.

Er war gespannt, was Christian Demmler vor Gericht ausgesagt hatte und wartete darauf, dass man ihm die entsprechenden Akten bringen würde.

In der Zwischenzeit telefonierte er mit seiner Stellvertreterin Susanne Feigel und informierte auch die Staatsanwältin Christine Fuchs und seinen Chef Kriminalrat Bernd Bischhof. Alle waren mit ihm gleicher Meinung, dass man eine heiße Spur hätte. Mit weiteren Aktionen wollte man aber bis Montag nach der morgendlichen Dienstbesprechung warten.

Inzwischen waren auch die Akten vom Landgericht eingetroffen. Aus diesen erfuhr Hauptkommissar Schreiber folgendes:

Der Prozess gegen Christian Demmler fand am Montag, den 29. September 2003 vor der Jugendstrafkammer statt. Die Anklage lautete auf schweren Raub und versuchten Totschlag. Christian Demmler war geständig was den Raub betraf. Er wiederholte seine Aussagen aus der polizeilichen Vernehmung, blieb aber trotz eindringlicher Ermahnung der vorsitzenden Richterin bei der Aussage, weder den Fahrer des Transporters noch dessen Komplizen zu kennen. Eine Absicht, den ihn festhaltenden Wachmann zu töten oder zu verletzen, bestritt er vehement. Auf die Vorhaltung des Staatsanwaltes, dass durch Spuren eindeutig erwiesen sei, dass er auf den am Boden Liegenden eingetreten habe, erklärte Demmler, sich nicht erinnern zu können. Er habe unter Schock gestanden und nur das getan, was der Anführer auch gemacht habe.

Der Verteidiger hatte die Jugend seines Mandanten betont und hervorgehoben, dass dieser bisher nicht straffällig geworden sei. Bei der Beurteilung des Angriffes auf den Wachmann bat er das Gericht, den akuten Erregungszustand seines Mandanten zu berücksichtigen. Er plädierte für eine Bewährungsstrafe.

Das Gericht bezweifelte, dass Demmler seine Mittäter nicht gekannt haben wollte. Außerdem hielt es dem Angeklagten die erheblichen Verletzungen des Wachmannes vor, die auch zu dessen Tod hätten führen können. Es sprach eine Jugendstrafe von 2 Jahren und 6 Monaten aus, die nicht zur Bewährung ausgesetzt wurde. Da der Angeklagte auf eine Berufung verzichtete, wurde das Urteil rechtskräftig. Demmler wurde am 4. Oktober 2003 in die JVA Ichtershausen eingeliefert.

Als Günter Schreiber auch die Gerichtsakten gelesen hatte, ging er zu Kommissar Becker in dessen Büro und informierte diesen über den Stand der Dinge.

„Also, ich glaube, der Christian Demmler ist unser Mann", meinte Torsten Becker. „Aber mit Sicherheit hängt diesmal auch sein Bruder mit drin. Hör dir einmal an, was bei den Anrufen herausgekommen ist." Dann berichtete er, dass sich einer der drei jungen Leute, die in Weida-Altstadt eingestiegen waren, gemeldet habe. Er hat Name und Adressen von sich und seine beiden Freunden angegeben. Sie stammen alle aus Gera, seien auf der Osterburg gewesen und hätten beinah den Zug verpasst. Er hatte auch bestätigt, dass die beiden jungen Männer, deren Phantombilder gezeigt worden waren, mit ihnen eingestiegen seien. Außerdem habe sich noch eine Frau Helen Koch aus Bad Köstritz gemeldet. Sie war sich sicher, dass die Phantombilder auf die Söhne von Demmlers passen würden. Sie wohne neben der Gärtnerei Demmler und kenne die Geschwister von klein auf. Der Große sei ein arger Rowdy gewesen, wohne aber seit einiger Zeit nicht mehr bei seinen Eltern.

Die beiden Kommissare berieten sich: „Eigentlich wollte ich die beiden Demmlers als wichtige Zeugen morgen früh vernehmen", meinte Günter Schreiber. „Wenn sie aber unsere gesuchten Täter sind, wurden sie durch den Aufruf im Fernsehen sicher gewarnt und versuchen vielleicht zu fliehen. Wir sollten doch wohl sofort zugreifen." Torsten Becker pflichtete ihm bei und meinte: „Ich fahre mit einer Funkstreife nach Bad Köstritz zur Gärtnerei Demmler und bringe Christian mit ins Präsidium. Du kannst dich dann um Gerd kümmern, oder wollen wir umgekehrt verfahren?"

Kommissar Schreiber war mit Beckers Vorschlag einverstanden.

So kam es, dass kurz vor Mitternacht ein Streifenwagen mit zwei Polizisten und Kommissar Becker vor der Gärtnerei Demmler in Bad Köstritz hielt. Im Haus war alles dunkel.

Becker schritt auf die Haustür zu und klingelte. Es dauerte eine ganze Weile, bevor eine Männerstimme aus der Sprechanlage erklang und fragte, was es gäbe.

„Kommissar Becker vom Polizeipräsidium Gera", stellte sich Becker vor. „Ich nehme an, Sie sind Herr Demmler. Entschuldigen Sie die späte Störung, aber wir müssen ganz dringend mit Ihrem Sohn Christian sprechen. Kann ich bitte hereinkommen?"

Der Türsummer ertönte, Becker ging ins Haus und sah sich einem älteren Mann gegenüber, der sich einen Bademantel angezogen hatte und den Kommissar fragend ansah. Dieser wies sich aus und sagte: „Wir ermitteln in einem Mordfall und müssten ihren Sohn dringend als Zeugen sprechen."

„Christian hat heute mit uns fern gesehen", sagte sein Vater. „Nach dem Tatort ist er in sein Zimmer gegangen. Kommen Sie bitte mit." Vor Christians Zimmer blieben beide stehen. Becker klopfte mehrmals und als auch das Rufen des Vaters ohne Antwort blieb, traten die beiden ein. Das Zimmer war leer, das Bett unbenutzt. „Darauf kann ich mir keinen Reim machen", wunderte sich Herr Demmler. „Ich weiß nicht, wo Christian sein könnte, ich habe auch nicht mitbekommen, dass er das Haus verlassen hat."

„Wo kann ich denn Ihren Sohn Gerd finden?", wollte Becker dann wissen.

„Hören Sie mir auf mit dem", erwiderte sein Vater. „Wir haben mit Gerd seit Jahren keinen Kontakt mehr. Meines Wissens arbeitet er bei der Bahn. Anfang des Jahres hatte er ein Zimmer in Gera, ich glaube die Adresse war Marktstraße 4. Ob er dort noch wohnt, weiß ich nicht."

Der Kommissar bedankte und verabschiedete sich und ging zurück zum Streifenwagen.

Von dort rief er seinen Kollegen an: „Hallo Günter, hier ist der Vogel anscheinend ausgeflogen. Hast du die Adresse seines Bruders?"

Günter Schreiber bestätigte, dass er soeben in der Marktstraße 4 erfolglos versucht habe, Gerd Demmler zu erreichen. Er habe den Mieter der Wohnung herausgeklingelt. Dieser habe seinen Untermieter aber seit Tagen nicht mehr gesehen.

Die Kommissare beschlossen, die Fahndung nach den Brüdern Gerd und Christian Demmler auszulösen und damit den Arbeitstag zu beenden.

XVII

Montag, 6. Mai 2013, 7:00 Uhr.

Obwohl der Beginn der Dienstbesprechung erst für
8:00 Uhr angesetzt war, befand sich Hauptkommissar Günter Schreiber schon in seinem Dienstzimmer und las nochmals in den Akten von dem
Raub am Güterbahnhof.

Kurz nach ihm kam auch seine Stellvertreterin
Hauptkommissarin Susanne Feigel. Schreiber
informierte sie über das Geschehen des gestrigen
Abends und meinte dann: „Susanne, ich habe gestern einen Fehler gemacht. Wir hätten nach Gerd
Demmler auch bei seiner Freundin Beate Stein
suchen müssen. Sie hat ihm doch damals das Alibi
gegeben. Ihre Adresse habe ich ja hier in den
Akten. Wenn alle da sind, werden wir uns auch
dort umsehen."

Kommissarin Feigel erwiderte: „Ich denke, dass
wir nicht warten sollten. Wenn es dir recht ist,
werde ich jetzt gleich mit einem Streifenwagen zu
Demmlers Freundin fahren. Bis 8:00 Uhr bin ich
vielleicht zurück, sonst fangt ihr ohne mich an."
Schreiber nickte und Susanne Feigel rief die
Funkleitstelle an, bestellte einen Streifenwagen
und fuhr los.

Es war 8:25 Uhr als sie in Gera-Untermhaus vor
der Wohnung von Beate Stein ankam. Auf ihr
Klingeln öffnete eine junge Frau und wollte wissen, was los sei. „Ich bin Hauptkommissarin Feigel", stellte sich Susanne vor und zeigte ihren
Dienstausweis. „Ich muss dringend mit Herrn
Demmler sprechen, ist er hier?" Frau Stein ant-

wortete: „Gerd hat heute bei mir übernachtet und ist vorhin pünktlich zum Dienst gegangen. Er arbeitet als Rangierer im Güterbahnhof. Seine Schicht beginnt um acht, da wird er sicher jetzt mit der Straßenbahn unterwegs sein."

Die Kommissarin bedankte sich, rief ihren Chef an, und informierte ihn kurz und meinte, dass sie bis 8:00 Uhr wieder im Präsidium sein würde.

Es war genau 8:00 Uhr und die Mitglieder der Mordkommission waren vollzählig versammelt. Auch Staatsanwältin Christine Fuchs und Kriminalrat Bernd Bischof waren anwesend.

Günter Schreiber eröffnete die Beratung und informierte alle über den aktuellen Stand der Ermittlungen.

„Unsere vordringliche Aufgabe", begann er seine Rede, „besteht darin, die beiden Demmler-Brüder zu finden, um uns ausführlich mit ihnen zu unterhalten. Ich halte sie zwar für die Täter von Weida, aber vorerst sind sie für uns nur wichtige Zeugen. Ich denke wir sollten folgendermaßen vorgehen: Susanne und Torsten fahren zum Güterbahnhof und holen Gerd Demmler hierher zur Befragung. Da könnte es nicht schaden, noch einige Kollegen mitzunehmen. Ich rate auch zu besonderer Vorsicht, immerhin könnte Gerd Demmler bewaffnet sein. Wenn er der Bankräuber sein sollte, schießt er sehr schnell.

Tom, Lutz und ich fahren nach Bad Köstritz, um nach Christian Demmler zu suchen. Hier brauchen wir einen Durchsuchungsbeschluss für die Gärtnerei Demmler. Sollte die laufende Fahndung nach den Demmlers Ergebnisse bringen, sind Susanne und ich umgehend zu informieren. Gegebenenfalls wird dann unser Vorgehen verändert. Gibt es noch Fragen oder Vorschläge?", wandte sich der Kommissar an die Runde. Alle waren einverstanden. Staatsanwältin Fuchs erhob sich als erste und meinte: „Ich werden den Durchsuchungsbeschluss umgehend besorgen."

Dann meldete sich noch Lutz Waski zu Wort und schlug vor, einen Suchhund mit nach Köstritz zu nehmen. Falls sich Christian Demmler dort irgendwo versteckt hielte, könnte man ihn vielleicht so schneller finden. Günter Schreiber fand diesen Vorschlag sehr gut und lobte Lutz entsprechend. Kriminalrat Bernd Bischof erinnerte an die in den Zeitungen erschienen Aufrufe und meinte, dass man mit einer Fülle von Hinweisen würde rechnen müssen. Er wolle aber Kollegen abstellen, die gemeinsam mit Steffi Brenner diese Hinweise aufnehmen und bearbeiten könnten.

XVIII

Montag, 6. Mai 2013, 9:00 Uhr.

Vor der Gärtnerei Demmler entstiegen Hauptkommissar Günter Schreiber sowie seine Kollegen Kommissar Lutz Waski und Kommissaranwärter Tom Zahn ihrem Dienstwagen. Hinter ihnen hielten zwei weitere Polizeifahrzeuge. Mit dem ersten waren vier Kriminalbeamte gekommen, die auf Hausdurchsuchungen spezialisiert waren. Das zweite Fahrzeug hatte Polizeiobermeister Harald Raue gefahren. Er öffnete die Hecktür und nahm seine Schäferhündin Bella an die Leine.

Die Ankunft der Polizeifahrzeuge war natürlich nicht unbemerkt geblieben. In der Tür stand Gärtnermeister Karlheinz Demmler, hinter ihm seine Frau Karla. Fragend sah er den auf ihn zugehenden Hauptkommissar an.

Günter Schreiber stellte sich vor, zeigte den Durchsuchungsbeschluss und betonte, dass sie Christian Demmler unbedingt und schnell als Zeugen in einem Mordfall vernehmen müssten. Der Vater von Christian stand wie erstarrt, die Mutter nahm die Hände vor ihr Gesicht und schluchzte: „Wir haben Christian seit gestern Abend nicht mehr gesehen, das haben wir doch schon Ihren Kollegen gesagt. Hat denn der Junge etwas angestellt?"

„Vorerst suchen wir ihn nur als Zeugen", erwiderte Schreiber. „Aber die Sache ist dringend und wir müssen leider ihr Haus und ihren Betrieb nach Christian durchsuchen. Ich möchte bitte zuerst sein Zimmer sehen."

Karla Demmler wies auf die Treppe und sagte nur: „Erste Tür rechts."

Während Günter Schreiber sich in das Zimmer von Christan begab, begannen Lutz Waski und zwei Kriminalbeamte mit der Durchsuchung des Wohnhauses. Tom Zahn und die beiden anderen Kriminalbeamten wandten sich der Gärtnerei zu und gingen zunächst in den Verkaufsraum. Karlheinz Demmler begleitete sie.

Das Zimmer von Christian Demmler war leer, das Bett unbenutzt. In einer Ecke auf einem Stuhl lagen Kleidungsstücke, die offensichtlich getragen waren. Schreiber nahm einen Pullover und eine Socke und ging damit zurück zu dem Hundeführer Harald Raue. „Hier haben sie Kleidungsstücke des Gesuchten", übergab der Kommissar Pullover und Socke. „Jetzt kann ihre Bella zeigen, was sie kann. Ich schlage vor, sie fangen in der Gärtnerei mit ihren weitläufigen Gewächshäusern an, im Haus suchen wir ja selbst." Damit ging Schreiber zurück in Christians Zimmer, konnte dort aber keine Hinweise auf dessen Beteiligung an den Vorgängen in Weida finden.

Die Durchsuchung des Hauses blieb auch erfolglos, hier hatte sich Christian Demmler nicht versteckt.

Nach wenigen Minuten war aber aus dem ganz am Ende des Geländes gelegenen Gewächshaus Hundegebell zu vernehmen und kurz danach kamen Tom Zahn und Harald Raue, die Christan Demmler in ihre Mitte genommen hatten, nach vorn.

Polizeiobermeister Raue berichtete, dass seine Hündin Bella im zweiten Gewächshaus die Spur aufgenommen hätte und sie dann zügig zu dem Versteck von Christian Demmler geführt habe. Dieser habe sich im Heizhaus des hintersten Gewächshauses hinter einem Öltank aufgehalten und widerstandslos festnehmen lassen.

Nachdem Harald Raue und seine Bella ausreichend gelobt worden waren, rückten diese sowie die vier Kriminalbeamten ab.

Hauptkommissar Schreiber sagte zu Christian Demmler, der ganz blass war und am ganzen Leib zitterte: „Herr Demmler, wir müssen Sie dringend als Zeugen vernehmen und bitten Sie, uns ins Präsidium zu begleiten." Waski und Demmler stiegen hinten in Schreibers Opel-Insignia, Tom Zahn setzte sich ans Steuer, Schreiber auf den Beifahrersitz und alle fuhren ins Präsidium.

10:30 Uhr saßen sich dort im Vernehmungsraum Christian Demmler und Hauptkommissar Günter Schreiber gegenüber. Das Mikrofon war eingeschaltet und man hatte Herrn Demmler darüber belehrt, dass er nichts aussagen müsse, was ihn belastet, dass aber alles was er aussagen würde, gegen ihn verwendet werden könne.

„Warum haben Sie sich vor uns versteckt?", begann Schreiber die Befragung.

„Ich habe gestern im Fernsehen gesehen, dass man uns sucht", antwortete Demmler. „Die Bilder zu der Frage nach den in Weida zugestiegenen Fahrgästen zeigten eindeutig meinen Bruder Gerd und mich. Ich hatte Angst und wusste nicht, was ich tun sollte. Die ganze Zeit habe ich versucht, Gerd auf dem Handy zu erreichen, aber der Blödmann hatte einfach abgeschaltet. Dann habe ich mitbekommen, wie ein Polizist zu uns kam und meine Eltern nach mir befragt hat. Bevor sie dann in mein Zimmer gekommen sind, bin ich über die Hintertreppe verschwunden und habe mich im Gewächshaus versteckt. Dort wollte ich warten, bis Gerd sich auf meinem Handy meldet. Unser Plan für diese Woche war ja völlig über den Haufen geworfen."

Im Verlauf der weiteren Befragung gab Christian Demmler zu, an dem Banküberfall in Weida beteiligt gewesen zu sein. Nach und nach erfuhr dann Günter Schreiber folgenden Sachverhalt:

Vor einer reichlichen Woche, am Mittwoch, den 24. April hatte sich Achim Weismann bei Christian Demmler telefonisch gemeldet und um ein Treffen gebeten. Noch am gleichen Tag hatten sich die beiden dann am Abend in einer Kneipe getroffen. Dabei hat Weismann einen Plan für einen Überfall auf die Genossenschaftsbank Weida entwickelt. Während sich sein Freund dort zweihundertfünfzigtausend Euro auszahlen lassen würde, sollte Demmler die Bank betreten, mit einer Waffe drohen und mit dem Geld verschwinden. Weismann wollte mit einem Fluchtauto vor der Bank warten. Das Ganze war für den 3. Mai geplant. Christian Demmler sollte sich 13:30 Uhr bei einer leer stehenden Garage in der Nähe des Bahnhofes Weida-Altstadt einfinden. Weismann beschrieb diese noch genauer und meinte, er würde von seiner Kur mit einem Motorrad kommen und dort mit einem Auto auf ihn warten und auch eine Pistole mitbringen, die er von früher noch versteckt hatte. Demmler sollte für seine Beteiligung fünfzigtausend Euro erhalten. Nach dem Überfall wollten sie das Auto in der genannten Garage abstellen und sich trennen. Wichtig sei der genaue Zeitpunkt. Der Überfall sollte unbedingt geschehen, bevor Hubert Hetzer den Auszahlungsbeleg unterschrieben habe. Dann sei nämlich die Bank die Geschädigte und die sei versichert. Am 27. April sollte Demmler kurz auf Weismanns Handy anrufen, ob er die Sache übernehmen wollte.

„Ich habe dann zugesagt", setzte Christian Demmler seine Aussage fort. „Fünfzigtausend Euro waren sehr viel Geld für mich und das Risiko erschien mir gering. In den folgenden Tagen kreisten meine Gedanken nur um den bevorstehenden Überfall und ich habe mir alle möglichen Szenarien durch den Kopf gehen lassen. Am 1. Mai habe ich mit meinem Bruder in einer Disco gefeiert. Dabei habe ich Gerd leider von dem geplanten Überfall erzählt. Er war sofort von der Sache begeistert und meinte, dass er unbedingt dabei sein wollte. Für mich wäre es leichter und fünfzigtausend Euro würden ja für uns beide reichen. Er hat dann auch unsere Flucht geplant und Fahrkarten für den Zug besorgt, der in Weida-Altstadt kurz nach halb vier abfahren würde. Am Freitag, den 3. Mai haben wir uns dann halb zwei bei der Garage, die mir Achim ja genau beschrieben hatte, mit ihm getroffen. Achim war überrascht, dass ich nicht allein kam und er wollte die ganze Aktion abbrechen. Hätte er das doch bloß getan. Ich erklärte aber, dass mein Bruder Gerd mit von der Partie sei und dass man sich auf ihn absolut verlassen könne. Gerd schlug dann vor, dass ich im Schalterraum bleiben und mit einem Schuss die Überwachungs-kamera zerstören sollte, während er nach hinten gehen und das Geld holen wolle. Zur Abschre-ckung habe er auch eine Pistole dabei. Die hat er uns kurz gezeigt.

Achim war schließlich einverstanden und gab mir eine Pistole, mit der Bemerkung: „Vorsicht, die ist geladen." Dann montierten wir falsche Kennzei-chen, die Achim mitgebracht hatte, an das Auto und fuhren los. Kurz vor halb drei waren wir vor der Bank und dann ging alles ganz schnell. Wir sahen eine Person die Bank betreten, von der Achim sagte, dass dies Hubert sei. Nach etwa 15 Minuten gingen Gerd und ich in die Bank, Kunden waren nicht da. Gerd rief: „Überfall!" und ich schoss auf die Überwachungskamera. Dann knallte es hinten ein paar Mal. Danach kam Gerd mit einem schwarzen Aktenkoffer und sagte: „Jetzt schnell weg." Wir stiegen zu Achim ins Auto und er fuhr zügig zur Garage. Natürlich wollte er als erstes wissen, ob alles geklappt hätte. Gerd sagte, dass dem so sei. Bei der Garage wollte Achim das Geld haben und uns unseren Anteil geben. Dann wollte er mit seinem Motorrad, das dort stand, unverzüglich verschwinden. Gerd meinte aber, dass das Auspacken des Geldes bei der Garage zu gefährlich sei und dass wir zu dem alten Schuppen gehen sollten, der unten an den Bahngleisen stand. Wir gingen los und Achim blieb nichts anderes übrig, als mitzugehen.

Im Schuppen gab es dann einen ganz fürchter-lichen Streit. Gerd erklärte plötzlich, dass wir das gesamte Geld behalten könnten, der Bankkunde würde nicht mehr leben, dafür hätte er gesorgt. Achim wurde blass und schrie dann Gerd an: „Du hast meinen Freund erschossen, das hat Folgen. Ich gehe sofort zur Polizei."

„Du gehst nirgendwo hin", schrie Gerd zurück. Dann nahm er eine Eisenstange, die er schon in der Hand hatte und schlug Achim mit voller Wucht auf dem Kopf. Ich stand fassungslos und hilflos daneben, unfähig, klar zu denken oder etwas zu tun. Gerd bückte sich zu Achim und sagte dann: „Der ist auch hin. Mach nicht so ein Gesicht. Es sind schon Leute für weniger als zweihundertfünfzigtausend Euro gestorben. Das Geld gehört jetzt uns. Komm wir legen den hier", dabei zeigte er auf Achim, „dort drüben unter den Güterzug, dann sieht es aus, als ob er überfahren wurde. Dann verstecken wir das Geld und verschwinden wie geplant. Wir haben dann", setzte Christian Demmler seine Aussage fort, „Achim zu dem Güterzug getragen und vor den letzten Wagen gelegt. Er war wirklich schon tot. Gerd hatte ihn erschlagen. Gerd ging dann in den Tunnel und kam nach kurzer Zeit wieder. Da er die Aktentasche noch dabei hatte, fragte ich, wo denn das Geld sei. Er antwortete, dass er es in einer Plastiktüte im Tunnel an einer Stelle, die er gut kenne, versteckt habe. In diesem Moment wurde mir klar, dass Gerd von Anfang an geplant hatte, den gesamten Betrag in seinen Besitz zu bringen".

Günter Schreiber war erschüttert. Er wollte wissen, ob denn Christian nicht einmal den Versuch gemacht hätte, das Schlimmste zu verhindern. Dieser betonte aber, dass er keine Ahnung davon gehabt hätte, dass sein Bruder den Bankkunden gleich töten wollte. Und das Erschlagen von Achim Weismann sei so schnell gegangen, dass er gar nicht hätte eingreifen können. Er bereue zutiefst, dass er sich auf die ganze Sache eingelassen habe. Vor allem sei es völlig falsch gewesen, seinen Bruder mitzunehmen. Er hätte schließlich wissen können, dass dieser ein brutaler und rücksichtsloser Mensch sei, obwohl er zu ihm persönlich immer sehr gut war.

Hauptkommissar Schreiber beendete die Vernehmung und machte Christan Demmler klar, dass er sich für seine Beteiligung an der Ermordung zweier Menschen und einen schweren Bankraub verantworten müsse und mit einer langen Strafe zu rechen hätte.

Bevor er ihn abführen ließ, fragte er noch nach dem Raub von 2003, für den er bestraft worden war „Ja, auch da war mein Bruder dabei", sagte Christian Demmler. „Er hatte das Ganze geplant und auch dafür gesorgt, dass der Güterwagen auf das Abstellgleis kam. Er war der Fahrer des Lieferwagens. Sein Alibi hatte er mit Beate Stein, das war seine Freundin, vorbereitet. Sie hatten ein Tonband aufgenommen, auf dem die beiden beim Sex zu hören waren. Das hat Beate dann abgespielt, so dass es die Nachbarin hören musste. Das Ganze hat ja doch auch geklappt. Ich habe aber meinen Bruder nicht verraten."

„Na, das wäre also auch geklärt", dachte Günter Schreiber und griff zum Handy, um seine Kollegin Susanne Feigel zu informieren. Diese ließ ihn aber überhaupt nicht zu Wort kommen und bat ihn nur:

172

„Günter, komm bloß schnell hierher zum Güterbahnhof, hier ist der Teufel los."

Schreiber wollte Genaueres wissen, aber Susanne
sagte nur einen Satz: „Wir haben es mit einer Geiselnahme zu tun."

XIX

Montag, 6. Mai 2013, 9:30 Uhr.

Hauptkommissarin Susanne Feigel, ihr Kollege, Oberkommissar Torsten Becker sowie vier Beamte vom Streifendienst waren am Güterbahnhof angekommen. Susanne hatte zunächst Schwierigkeiten, sich auf dem weitläufigen Gelände zu orientieren. Schließlich fanden sie aber in einem unscheinbaren, zweigeschossigen Backsteingebäude den diensthabenden Leiter des Rangierdienstes Josef Falk.

Susanne stellte sich und ihren Kollegen Becker vor und fragte nach Gerd Demmler. „Der ist heute pünktlich zum Dienst erschienen", erhielt sie zur Antwort. „Er arbeitet zusammen mit dem Rangierlokführer Rene Bartel draußen am Ablaufberg. Die beiden sind über Funk erreichbar. Ist es nötig, dass Demmler herkommt?"

„Nein", antwortete die Kommissarin. „Gerd Demmler ist für uns ein wichtiger Zeuge, vielleicht auch ein Verdächtiger in einem Mordfall. Da ist es besser, wenn wir zu ihm gehen, damit er keine Gelegenheit hat, sich davon zu stehlen. Können Sie einen Mann entbehren, der uns führt?" Falk meinte, dass er eine Kollegin als Vertretung herbei rufen könnte. Dann wollte er selbst die Kriminalisten zu Demmler führen. Man sollte sich noch etwa 10 Minuten gedulden.

Nach einer knappen Viertelstunde waren dann die 6 Beamten, geführt von Josef Falk, auf dem Weg zum Ablaufberg. Sie waren zu besonderer Vorsicht wegen des laufenden Rangierbetriebes gemahnt worden. Immer wieder rollten nämlich vom Ablaufberg einzelne Güterwaggons, manchmal auch mehrere zusammen, herab und fuhren wie von Geisterhand bewegt auf verschiedene Gleise.

Auf der höchsten Stelle des Berges kam soeben eine Rangierlok zum Stehen. Auf dem Trittbrett war ein Mann zu erkennen. Josef Falk sagte:„Das ist Gerd Demmler".

Als dieser die Gruppe auf sich zukommen sah und erkannte, dass uniformierte Polizisten dabei waren, stieg er in die Lok. Über den eingebauten Lautsprecher war dann zu hören: „Halt! Keinen Schritt weiter! Wenn jemand näher kommt, erschieße ich den Lokführer." Zur Warnung wurde ein Schuss in die Luft abgefeuert.

Die Polizisten gingen in Deckung.

Hauptkommissarin Feigel übernahm das Kommando: „Für Fälle von Geiselnahme, und um eine solche handelt es sich wohl hier, gibt es klare Anweisungen, Wir bleiben alle hier, ich werde den Polizeipsychologen und ein Sondereinsatzkommando (SEK) anfordern", wandte sie sich an Josef Falk. „Sorgen Sie bitte dafür, dass der gesamte Rangierbetrieb sofort eingestellt wird." Falk nahm Funkkontakt zum Stellwerk auf und veranlasste die Einstellung des gesamten Betriebes im Güterbahnhof. Susanne Feigel rief den Leiter des Polizeipräsidiums Bernd Bischof an und schilderte die Lage. Dieser erklärte, dass er sofort alles Nötige in die Wege leiten und dann selbst zum Bahnhof kommen würde. Bis zu seinem Eintreffen sollen nach Möglichkeit alle Aktionen unterbleiben.

„Torsten, du bleibst mit den vier Polizisten hier", entschied Susanne Feigel. „Wir, Herr Falk und ich, gehen zurück, denn die Autos des SEK und des Chefs können ja nicht hier in das Gleisgebiet fahren."

Es verging eine reichliche halbe Stunde in der alles ruhig blieb. Nur Schreiber hatte angerufen und war von Susanne gebeten worden, sofort zu kommen.

Wenige Minuten nach 11:00 Uhr kamen kurz hintereinander Kriminalrat Bischof, der in seinem Auto den Psychologen mitgebracht hatte und das SEK. Gleich danach kam auch Hauptkommissar Schreiber begleitet von Lutz Waski und Tom Zahn. Man kam im Dienstzimmer von Falk zu einer Lagebesprechung zusammen. Als erstes schilderte Hauptkommissarin Feigel die aktuelle Lage. Dann berichtete Schreiber von der Festnahme des Christian Demmler und den Ergebnissen von dessen Vernehmung. Er fasste zusammen: „Es dürfte klar sein, dass wir mit Gerd Demmler den Haupttäter für den Bankraub und die beiden Tötungsdelikte vor uns haben. Bei der Erschießung des Hubert Hetzer handelt es sich meines Erachtens um eine geplante Tat, also um Mord. Ob man die Tötung von Achim Weismann auch als Mord oder nur als Totschlag bewerten muss, mögen die Gerichte entscheiden. Nach allem was wir wissen, haben wir es aber mit einem völlig skrupellosen, zu allem entschlossenen Täter zu tun, der jetzt in die Enge getrieben ist. Er hat nichts mehr zu verlieren und wird sicher auch keine Hemmungen haben, gegebenenfalls den Lokführer zu erschießen. Wir soll-

176

ten also auf alle Fälle versuchen, mit ihm zu verhandeln."

Alle Anwesenden stimmten Schreiber zu, mit Ausnahme des Leiters vom SEK. Dieser entwickelte den Plan, dass man Demmler ablenken sollte, damit sich seine Männer von verschiedenen Seiten an die Lok heranpirschen könnten. Im geeigneten Moment würde dann die Lok gestürmt, die Geisel befreit und Demmler festgenommen werden.

Kriminalrat Bernd Bischof schüttelte den Kopf: „Das scheint mir zu gefährlich. Wir dürfen nichts tun, was das Leben der Geisel zusätzlich in Gefahr bringen würde. Zunächst einmal sollten wir in Erfahrung bringen, welche Forderungen Demmler stellt. Wir sollten versuchen, über Funk einen Kontakt herzustellen."

Josef Falk versuchte die Rangierlok über Funk zu erreichen, musste aber feststellen, dass man dort offensichtlich das Funkgerät abgeschaltet hatte.

Der Kriminalrat entschied schließlich: „Einer von uns sollte mit einem Lautsprecher nach vorn gehen und versuchen, einen Kontakt mit Gerd Demmler herzustellen."

„Das übernehme ich", sagte Günter Schreiber. „Aus dem Gespräch mit seinem Bruder weiß ich einiges über ihn und kann mir vielleicht vorstellen, wie er tickt. Ich kann ihm auch mitteilen, dass sein Bruder ausgesagt hat und wir wissen, dass er ein Mörder ist."

„Ich weiß nicht, ob das eine gute Idee ist?", wandte Susanne Feigel ein. „Wenn Gerd Demmler erfährt, dass er überführt ist, dreht er vielleicht völlig durch."

Alle schauten zum Polizeipsychologen. Der meinte, dass er sich natürlich kein Bild von der Persönlichkeit Gerd Demmlers habe machen können und demzufolge auch nicht in der Lage sei, abzuschätzen, wie dieser reagieren würde. „Rein gefühlsmäßig", sagte er schließlich, „würde ich den von Kommissar Schreiber vorgeschlagenen Weg für gut halten."

Der Kriminalrat entschied, dass das SEK die auf dem Ablaufberg stehende Lok weiträumig umstellen und auf weitere Befehle warten sollten. Schreiber und ein zweiter Mann sollten auf die Lok zugehen und versuchen, einen Kontakt zu Gerd Demmler herzustellen. Lutz Waski erbot sich, mitzugehen.

Gegen 11:30 Uhr gingen dann zwei Männer auf die noch immer an der gleichen Stelle stehende Lok zu. Schreiber hielt ein Megafon in der Hand. Er schaltete es ein, als man sich der Lok auf etwa 100 Meter genähert hatte und rief: „Hallo, Herr Demmler, ich bin Hauptkommissar Günter Schreiber von der Mordkommission Gera. Soeben habe ich mich ausführlich mit ihrem Bruder Christian unterhalten. Wir wissen jetzt, wie sich der Überfall auf die Genossenschaftsbank in Weida am vergangenen Freitag abgespielt hat. Christian hat uns auch erzählt, was danach am Bahnhof Weida-Alstadt passiert ist. Geben Sie auf und kommen Sie mit erhobenen Händen her zu uns."

Die Antwort von Gerd Demmler kam prompt: „Ich denke nicht daran, aufzugeben. Ich verlange, dass wir mit dieser Lok freie Fahrt bis Mehltheuer über Weida erhalten. Sie haben eine halbe Stunde Zeit.

Wenn wir bis dahin keinen Abfahrtbefehl erhalten, ist der Lokführer ein toter Mann. Ich habe nichts mehr zu verlieren und jetzt Ende der Durchsage!"

Günter Schreiber griff erneut zum Megafon: „Demmler, machen Sie keine Dummheiten. Wir werden sehen, was wir tun können. Schalten Sie die Funkverbindung wieder ein, damit wir uns verständigen können."

Von der Lok war ein kurzes „ok" zu hören.

Dann gingen er und Waski zurück, um zu berichten.

Die Beratung der Kriminalisten war kurz. Man kam überein, den Forderungen Demmlers nachzukommen, aber auf alle Fälle sollte versucht werden, zusätzliche Zeit zu gewinnen.

Günter Schreiber ließ sich über Funk mit der Rangierlok verbinden und sagte: „Herr Demmler, wir werden Ihre Forderung erfüllen, können aber aus bahntechnischen Gründen ihre Abfahrt nicht vor 12:15 Uhr ermöglichen. Wir erwarten, dass Sie vor Abfahrt Ihren Kollegen, Lokführer Rene Bartel freilassen. Außerdem sollten Sie ernsthaft überlegen, ob Sie nicht besser aufgeben."

Die Antwort lautete: „Aufgeben werde ich keinesfalls. Bis 12:15 Uhr warte ich. Erhalten wir dann keine Ausfahrt, ist Rene Bartel ein toter Mann. Wenn aber meine Bedingungen erfüllt werden, kommt er unterwegs frei. Und jetzt ist bis zu Abfahrt Funkstille."

Hauptkommissar Schreiber entwickelte folgenden Plan: „Für mich ist klar, dass Demmler in den Tunnel zwischen Weida und Weida-Altstadt will, denn dort hat er ja das Geld versteckt. Wir sollten ihn also fahren lassen und an beiden Ausgängen des Tunnels unsere Leute postieren. Demmler muss ja im Tunnel halten, das könnte die Gelegenheit für den Zugriff sein. Wie sich das Ganze gestaltet, muss unmittelbar vor Ort entschieden werden, wir dürfen das Leben der Geisel keinesfalls gefährden.

Ist es denn möglich, der Rangierlok bis zu dem Tunnel freie Fahrt zu gewährleisten?" wandte er sich an Josef Falk.

Der bestätigte, dass die Strecke bereits jetzt schon frei sei. Man habe andere Züge angehalten bzw. umgeleitet.

Kriminalrat Bischof akzeptierte Schreibers Plan und ordnete an, dass die Leute vom SEK sofort nach Weida aufbrechen und die Ein- und Ausfahrt des Tunnels besetzen sollen. Susanne Feigel sollte mit Tom Waski zum Ausgang fahren und dort das Kommando übernehmen. Für die Einfahrt erhielt Torsten Becker diese Aufgabe, der Tom Zahn mitnehmen sollte. Da Demmler nur die Stimme von Günter Schreiber kannte, wollte dieser bis 12:15 Uhr im Stellwerk bleiben, um dann der Rangierlok per Funk mitzuteilen, dass man abfahren könne.

„Haben sie ein Schienfahrzeug, mit der man der Lok unmittelbar folgen könnte?", wollte Schreiber von Josef Falk wissen.

Der meinte, dass man eine Motordraisine, die für Notfälle bereit stünde, sicher dazu verwenden könne. Schreiber bat, dieses Fahrzeug zum Güterbahnhof zu beordern. Er wolle selbst damit der Rangierlok folgen. Der Kriminalrat stimmte den

Plänen zu, verlangte aber, dass Schreiber von zwei Beamten des SEK begleitet würde. Er selbst wolle die Aktion vom Stellwerk in Weida aus verfolgen und gegebenenfalls eingreifen.

Es war dann 12:16 Uhr als eine Rangierlok, gefolgt von einer Motordraisine, den Güterbahnhof Gera Richtung Saalfeld verließ.

XX

Montag, 6. Mai 2013, 12:43 Uhr.

Die Rangierlokomotive hatte den Hauptbahnhof Gera sowie den Bahnhof Gera-Süd ohne Aufenthalt passiert und näherte sich dem Bahnhof Weida. Der Lokführer Rene Bartels fuhr, von dem neben ihm stehenden Gerd Demmler mit einer Pistole bedroht, so langsam wie möglich.

Die Draisine mit Kriminalhauptkommissar Günter Schreiber und den Beamten vom SEK folgte in ganz kurzem Abstand.

In Weida waren die Weichen in Richtung Mehltheuer gestellt und die Signale standen auf: *Freie Fahrt mit verringerter Geschwindigkeit.*

Nach kurzer Zeit sagte Gerd Demmler zu Rene Bartels: „Wir fahren jetzt in den Tunnel und halten etwa in der Mitte. Ich steige ganz kurz aus und du bleibst auf der Lok. Zur Sicherheit werde ich dich anbinden." Er nahm einen in der Ecke liegenden Strick und fesselte die Beine von Rene Bartels an den Fahrersitz. „Wenn du versuchst zu fliehen, werde ich dich sofort erschießen."

Der Tunnel wurde nur von einer schwachen Notbeleuchtung etwas erhellt. Kurz nach der Mitte befahl Demmler den Halt. Er verließ den Führerstand nach rechts und begab sich zur Tunnelwand. Bartels hatte sein Taschenmesser schnell zur Hand. Er zerschnitt seine Fesseln, sprang nach links aus dem Führerstand und lief nach hinten, wo er fast mit einem der SEK-Leute zusammenstieß. Dieser brachte ihn zur Draisine und Schreiber rief erleichtert aus: „Gott sei Dank, jetzt sind Sie in

Sicherheit!" Dann informierte er Kriminalrat Bischof, dass die Geisel frei sei und man nun versuchen würde, Demmler festzunehmen.

Mit der nötigen Vorsicht gingen die beiden SEK-Beamten rechts und links von der stehenden Rangierlok nach vorn, gewärtig, dass Demmler jeden Moment schießen könnte.

Dieser hatte inzwischen die Tüte mit dem Geld aus dem Versteck geholt und wollte wieder auf die Lok steigen. Da sah er die Polizisten kommen. Er stieg ein und fuhr sofort los. Zwar war er kein ausgebildeter Lokführer, hatte aber durch seine Tätigkeit als Rangierer genügend Erfahrung, um so eine Lokomotive anfahren zu können. Er gab sofort Vollgas und die Beamten blieben zurück.

Am Ausgang des Tunnels war die Weiche allerdings auf Gleis 2 gestellt. Die Lok nahm die Abzweigung mit viel zu hohem Tempo und wäre beinahe entgleist, blieb aber auf den Schienen. Dann sah Demmler, dass am Ende des Ausweichgleises 2 ein sogenannter Flankenschutz vorhanden und die Weiche in Richtung eines Prellbockes gestellt war. Ein Aufprall war bei der Geschwindigkeit, die die Lok jetzt fuhr, unvermeidlich. In Panik schnappte sich Demmler seine Beute und sprang nach links von der Lok. Dabei blieb er mit einem Fuß am Trittbrett hängen, stürzte, wurde ein paar Meter mitgeschleift und blieb liegen. Da auf der führerlosen Lok die *Tote-Mann-Taste* nicht mehr betätigt worden war, erfolgte eine Vollbremsung. Dennoch fuhr die Rangierlokomotive auf den Prellbock auf und kam mit einem riesigen Krach zum Stehen.

Kommissar Günter Schreiber und die Beamten vom SEK liefen zu dem am Boden liegenden Gerd Demmler. Von der Seite kamen auch Susanne Feigel und Lutz Waski gelaufen. Schreiber beugte sich als erster über den Liegenden. Dieser hatte noch immer die Plastiktüte mit dem Geld in der Hand. Sein Körper war mit Abschürfungen übersät und sein Kopf war unnatürlich verdreht. Inzwischen war auch der mit dem SEK gekommene Arzt bei Gerd Demmler. Er untersuchte ihn, sah zu den umherstehenden Polizisten und schüttelte den Kopf.

Hauptkommissar Günter Schreiber griff zum Funkgerät, ließ sich mit Kriminalrat Bernd Bischof verbinden und meldete:

„Bernd, unser Fall hier ist abgeschlossen. Gerd Demmler liegt tot auf Gleis 2"

Für die kritische Durchsicht des Manuskriptes und für zahlreiche wertvolle Hinweise danke ich meinem Bruder Hartmut und meinen Freunden Steffi und Manfred Ritter sowie Prof. Dr. Günter Kaiser und seinem Sohn Lutz.

Eppertshausen im Herbst 2013   G.F.

Vom gleichen Autor sind beim Verlag Books on Demand (BoD) Norderstedt erschienen:

Günter Fanghänel

Der Tote vom Teufelstal

Kriminalroman

ISBN 978-3-8448-1229-9

und

GÜNTER FANGHÄNEL

ZAUBERLEHRLINGE
UND
ZAHLEN

ISBN 978-3-8370-3827-9